FOLIO POLICIER

Simenon

Faubourg

Gallimard

Georges Simenon, l'homme aux 400 livres et aux 10 000 femmes !

Personnage excessif, écrivain de génie, père du célèbre Maigret et d'une importante œuvre romanesque, Simenon restera l'un des romanciers majeurs de ce siècle.

I

Ils furent seuls à descendre du train et, dédaigneux du souterrain, ils attendirent le départ du convoi pour traverser les voies. Les wagons défilèrent, sans lumières, rideaux tirés. Tout le monde dormait.

Dans la gare, on ne voyait personne. Le fracas du train une fois éteint, on avait envie de parler bas, de marcher sur la pointe des pieds.

— Ça n'a pas l'air folichon! remarqua la femme qui tordait ses hauts talons sur les cailloux du ballast.

Il n'y avait pas à lui répondre. D'ailleurs elle ne demandait rien. Elle ne se plaignait pas. C'était une constatation, sans plus, sans amertume. Alors?

De Ritter savait bien qu'il y avait un homme en faction tout au bout du quai, près de la grille de sortie. Il remarqua aussi une faible lueur dans un des bureaux : celui du sous-chef ou quelque chose comme cela.

C'était une gare de la plus mauvaise sorte, une gare moyenne, avec six voies, des souterrains, un grand buffet, une buvette et une verrière enfumée. Jadis, de Ritter la croyait très grande.

— Voilà... dit-il en tendant ses billets à l'employé. Je viendrai demain pour les bagages.

Il marcha devant. Il ne se donnait pas la peine de faire des politesses à sa compagne.

Dans l'ombre, un taxi stationnait, un seul, mais de Ritter passa sans le voir et se dirigea vers le café d'en face dont il poussa la porte.

— Entre!

Elle entra. Pendant qu'il se dirigeait vers une table de marbre, elle murmura :

— Je reviens tout de suite...

Et c'était bien elle, cela cadrait avec son aspect, de courir ainsi au lavabo, où on l'imaginait éparpillant son peigne, sa poudre, son rouge, Dieu sait quoi encore.

— Un demi, garçon...

De Ritter plissait les paupières. Il connaissait le café, mais on l'avait agrandi. Comme toujours, malgré l'heure, trois clients étaient attablés avec le patron, non loin du comptoir de chêne clair. Les autres cafés de la ville étaient fermés. C'était le dernier carré.

Quand la jeune femme remonta, elle sentait la poudre et l'eau de Cologne.

— Tu t'y reconnais? demanda-t-elle en s'asseyant.

Elle était douce et dodue, vulgaire, vêtue de soie noire. C'était une bonne fille. Elle examinait le café à son tour.

— Ce n'est vraiment pas folichon, répéta-t-elle. C'est ici que tu venais?

Il haussa les épaules et déboutonna son pardessus, un pardessus de ratine noire très cintré à la taille qui, accompagné d'un feutre noir à larges bords, donnait à de Ritter l'aspect d'un acteur en tournée. Il avait le teint mat, les prunelles sombres, brillantes, de fines moustaches qu'il tourmentait sans cesse de sa main baguée. A première vue, il faisait jeune mais, à y regarder de plus près, on décelait de l'empâtement et de la fatigue, une chair déjà fripée.

— Tu m'as écrit les adresses? demanda Léa. C'est décidé que tu ne viens pas dormir avec moi cette nuit?

Ils avaient voyagé en troisième classe et leurs vêtements sentaient le train. Le garçon commençait à accrocher les volets. Les derniers clients buvaient de la bière.

De Ritter, lui, écrivait sur une page arrachée d'un carnet.

— ... rue Saint-Denis... Tu trouveras facilement... Quant à la maison on la reconnaît tout de suite... Si cela ne marche pas là, on...

Il se tut parce que le garçon passait devant lui et qu'il valait mieux ne pas prononcer ces noms de rues.

— ... C'est tout au bout, à gauche... Dès que tu y seras, écris-moi poste restante... Garçon! Qu'est-ce que je vous dois?

Ils sortirent. Le taxi n'était plus là. Les rues

étaient vides, laquées par une pluie fine qui avait cessé.

— Et pour cette nuit? demanda encore Léa.

Son sac, aussi bourré qu'un nécessaire de toilette, contenait jusqu'à des pantoufles de voyage qu'elle avait mises dans le compartiment.

— Toutes les maisons de la rue sont des hôtels... Sonne à n'importe quelle porte...

— Alors, bonne nuit...

Elle l'embrassa distraitement, en regardant une enseigne. Lui continua, une petite valise à la main, le col du pardessus relevé.

Il connaissait le chemin pavé par pavé. Au bout de la rue, il prendrait le boulevard à droite, passerait près de la statue aux trois femmes nues — des femmes nues qui tendaient des palmes à un poète assis dans un fauteuil... Puis le quai... Puis...

Il entendit la porte de l'hôtel qui s'ouvrait pour Léa et se refermait. Il pouvait se croire désormais le seul être vivant dans la ville.

Mais ce ne fut qu'au-delà du pont qu'il ralentit le pas. Les rails du tramway frôlaient le trottoir. La rue tournait un peu et devenait la rue Saint-Roch. Toutes les maisons étaient des boutiques et il les connaissait toutes. C'était devant celle du marchand de beurre qu'un petit garçon s'était fait écraser par le tram, un dimanche matin.

Il marchait toujours. La rue Saint-Roch était l'âme du faubourg mais après c'était un domaine encore plus intime pour de Ritter, maisons neuves à un étage, la place des Métiers propre et ombragée comme un square.

Au coin de la rue des Ecoles, il avança vivement de quelques pas, s'arrêta devant une porte peinte en vert. Comme sur la plupart des maisons du quartier il y avait une petite plaque de cuivre près de la sonnette.

« *Mme Veuve Chevalier* » put-il lire.

Il avait fait du bruit. Quelqu'un, dans la maison, ne devait pas dormir ou avait le sommeil léger. On bougea, au premier. Il leva la tête et devina une forme derrière le rideau qu'une main ouvrait.

Il s'éloigna. Il évita de penser. Il traversa la place des Métiers et, rue de la Commune, s'arrêta devant *l'hôtel*.

Le seul hôtel du monde qui, pour lui, n'eût pas de nom. Il avait habité dix-huit ans à proximité. Il avait joué aux billes dans la cour, avec Albert, le fils, qui était son ami. Il avait contemplé le tableau de clefs, dans le bureau feutré de peluche rouge.

Et c'était devenu *l'hôtel* tout court, comme si celui-là seul eût existé.

Il sonna. C'était la première fois qu'il y sonnait, la première fois qu'il allait pénétrer dans une des chambres. Il dut sonner trois fois. Enfin des pas traînèrent dans le corridor. On retira une chaîne. Une fente de lumière parut.

— Je voudrais une chambre.

Un vieux tout endormi retenait le pantalon qui glissait sur ses reins.

— Albert est toujours ici?

— Je ne sais pas, moi. L'hôtel appartient à M. Tihon...

— Le père ou le fils?

— Il y a longtemps que le père est mort.

— Donc, c'est Albert...

Une plante grasse trônait dans un pot bleu, sur la rampe de l'escalier. L'odeur n'avait pas changé. Derrière la porte vitrée, c'était la cour...

— La première chambre à gauche, au premier... Vous trouverez la lumière.

Et le vieux alla se recoucher dans le bureau.

On était en mai. Ailleurs, de Ritter ne savait jamais la date. Mais ici, il la devinait rien qu'à la luminosité, à la fluidité de l'air.

De même, dans son lit, avait-il su qu'il était huit heures en entendant sur le boulevard, derrière la maison, le pas des chevaux et les trompettes du régiment de cavalerie.

De l'autre côté, rue de la Commune, la sonnerie du tram, qui ne ressemblait en rien aux sonneries des tramways d'autres villes.

Dehors, on avait froid au bout des doigts mais l'air, frais à avaler, était plein de soleil. Des cris d'enfants éclataient dans la cour de l'école, derrière le mur de briques rouges. Un tombereau du service de la voirie allait de poubelle en poubelle.

De Ritter connaissait tout cela par cœur. Il attendait le coup de cloche qui ferait taire les bruits de l'école et qui grouperait les élèves devant chaque classe.

Une autre cloche tintait, celle du marchand de légumes, qui poussait sa petite charrette de porte en porte.

... La porte verte s'ouvrit. Une femme posa un panier sur le seuil et hésita à franchir le trottoir, car elle n'était pas encore coiffée. Elle portait des pantoufles, un peignoir.

— Donnez-moi deux kilos de pommes de terre, monsieur Hubert...

La porte voisine s'ouvrait aussi. Une autre femme en peignoir se montrait, frileuse. C'était une grosse, celle-ci, aux cheveux sombres, la femme de l'agent de police Jamar.

— Ça va, madame Chevalier?

— Ça va. Mais j'ai encore eu des névralgies toute la nuit...

De Ritter avait marché jusqu'au bout de la rue et il avait fait volte-face, sur l'autre trottoir. D'autres voisines s'étaient groupées autour de la charrette de légumes où l'on voyait les premières cerises.

Les commères s'agitaient dans le côté ensoleillé de la rue. De Ritter suivait le trottoir ombragé.

On l'avait déjà remarqué. Etait-ce bien d'un acteur qu'il avait l'air? D'un étranger en tout cas, surtout qu'il portait des pattes sur les joues. Puis sa façon de marcher, en brandissant un jonc à pomme d'or. Et sa façon de regarder autour de lui !

— Vous avez vu celui-là ? dit une des femmes.

Et Mme Jamar, la femme de l'agent de police, qui passait ses journées à sa fenêtre, de préciser :

— Voilà déjà trois fois qu'il passe ce matin. On dirait qu'il cherche quelque chose...

— Il cherche peut-être une chambre à louer ?

Il y en avait une deux maisons plus loin. On voyait l'écriteau jaune : *Chambre meublée à louer.*

Mais l'homme ne s'en inquiétait pas. Il allait jusqu'au coin de la rue encore, en se retournant sans cesse, et les commères, maintenant, s'amusaient à faire des suppositions.

— Peut-être quelqu'un de la police secrète, madame Jamar ?

— Ou bien quelqu'un qui cherche un coup à faire...

— Cela me rappelle que j'ai entendu du bruit cette nuit, comme si on touchait à ma porte...

Une des femmes rentra chez elle en courant car quelque chose brûlait sur le feu. Les enfants s'étaient tus dans la cour de l'école. Le marchand de légumes agitait sa sonnette et s'attelait aux brancards de la charrette.

Deux ou trois ménagères restèrent encore un moment à bavarder dans le soleil. La servante du docteur, qui habitait un peu plus loin, apporta un seau et des brosses sur le trottoir, commença à laver à grande eau les pierres bleues du seuil.

On entendait les moindres bruits de très loin.

Seul le tramway déchirait de son fracas, toutes les quatre minutes, le silence du faubourg.

Quand de Ritter était petit...

Il voulut passer encore une fois. Il s'arrêta devant la maison à porte verte. Il la regarda de haut en bas, propre et nette, avec des rideaux drapés et des pots de fleurs à toutes les fenêtres.

Il se troubla soudain, car un rideau bougeait. Il fit quelques pas, rapidement. Enfin, peut-être par contenance, il entra chez le papetier, à côté de l'école, où l'air sentait le crayon et la gomme.

— Donnez-moi... Donnez-moi un crayon... Trois crayons...

— Quel numéro?

— Numéro 2...

C'était ceux qu'il prenait quand il allait en classe, outre un numéro 3 pour les « hachures »...

— Il y a longtemps que M. Chevalier est mort?

— Cela doit faire trois ans... Il y avait longtemps qu'il n'allait pas fort...

— Ah! Il a été malade?

— On ne pourrait pas dire... Il maigrissait... Il ne parlait à personne... Il devenait tout gris...

— Mme Chevalier a de l'argent?

— Elle a sa maison... Elle loue un étage à une vieille demoiselle... Puis la banque lui fait une petite rente... Pensez que M. Chevalier y a travaillé pendant trente-cinq ans!...

Quand il sortit de la papeterie, il regarda encore du côté de la porte verte. Puis il s'éloigna à grands pas.

L'employé de la consigne s'étonna.

— C'est à vous ce monument? dit-il, en désignant une malle dressée dans un coin.

Il plaisantait, mesurait des yeux la malle qui était aussi haute que lui, en bois noir, bardée de cuivre par surcroît.

— C'est qu'elle pèse quelque chose! Vous l'emportez?

De Ritter souriait d'un sourire condescendant.

— Ce n'est pas un lit, au moins? Car elle pourrait contenir un homme...

Il sourit encore et il fit installer la malle sur le toit d'un taxi. Naturellement, la plaisanterie recommença.

— Elle contient quelque chose, dites donc!

Puis, à l'hôtel, il en fut de même. Le patron s'avança en personne sur le trottoir. C'était Albert qui avait grossi et dont les cheveux étaient beaucoup plus roux que quand il était enfant. Il n'avait pas reconnu de Ritter.

— C'est pour monter dans votre chambre? Dites donc, vous devez avoir du linge pour quelque temps...

Il continuait de sourire. Deux hommes montèrent la malle. De Ritter entra au bureau pour remplir la fiche et aperçut une petite fille qui marchait à quatre pattes.

— C'est à vous? demanda-t-il à Albert.

— C'est ma troisième. Les deux autres sont à l'école... Quelle profession dois-je inscrire?

— Mettez... Heu... Mettez représentant de commerce...

— Je ne m'étonne plus de votre malle. Ce sont sans doute des échantillons?

De Ritter secoua négativement la tête, en prenant un air mystérieux.

— Si j'inscris représentant, c'est pour plus de facilité...

— Ah! Vous n'êtes pas...

— Chut!... Soyons discrets, cher monsieur...

Et il clignait de l'œil, comme un homme qui a son secret.

— Vous comptez garder la chambre longtemps?

— Peut-être un jour, peut-être un mois, peut-être un an! Vous avez un coffre à l'hôtel?

— Un coffre-fort? Derrière vous... Laisse le monsieur tranquille, Alice...

— Vous me permettez d'y déposer quelque chose?

— Bien entendu!

C'était étonnant de revoir Albert ainsi empâté, avec son visage clair et gras, ses yeux naïfs. Pardessus le marché, il s'était mis à fumer de minces cigares ridicules, qui tachaient de jaune sa lèvre supérieure.

— Je reviens dans un instant...

Pendant que le voyageur s'enfermait dans sa chambre, Albert alla retrouver sa femme qui donnait des ordres à la cuisine.

— Tu l'as vu?

— Oui... J'étais dans le corridor...

— Qu'est-ce que tu en penses?

— Je ne sais pas. Il est bizarre...

— Il avoue qu'il n'est pas représentant de commerce... Il va me remettre quelque chose à enfermer dans le coffre...

— Sans doute son argent. Dans ce cas, compte-le et établis un reçu en règle. On ne sait jamais...

Il n'en fut pas question. De Ritter apporta une grande enveloppe jaune et demanda de la cire. On en trouva un vieux bout au fond d'un tiroir et, les doigts habiles, il en fit cinq cachets qu'il écrasa du chaton de sa bague.

L'enfant, éberluée, suivait les mouvements de l'étranger de ses yeux agrandis. Albert se pencha pour regarder le dessin imprimé dans la cire.

— Ce sont les armes de ma famille, dit de Ritter, du bout des lèvres.

— C'est cela que je dois mettre dans le coffre?

— Si vous le voulez bien. Ce sont des documents de toute première importance et vous ne pouvez imaginer les conséquences qu'aurait leur disparition...

— Si vous les déposiez dans une banque...

— Ils ne seraient pas en sûreté.

— Ah!

— Voilà quatre ans que ces papiers me suivent à travers l'Amérique du Sud, puis l'Océanie. Aux Indes...

— Vous venez des Indes?

— J'étais encore à Bombay voilà six mois...

Il fouilla dans la poche de son veston, en tira un papier de soie enfermant une pierre verte.

— Voici une émeraude que j'ai rapportée de là-bas comme souvenir.

— Vous permettez?... Marthe! Viens voir...

Et tous deux se penchèrent sur la pierre tandis que la gamine se haussait sur la pointe des pieds.

— Vous ne connaissiez pas cette ville? demanda enfin Albert.

— Mais si! Il serait difficile de trouver une ville que je ne connaisse pas. Ainsi, je parie que vous êtes allé à l'école rue de Lille... Vous avez une sœur plus âgée que vous, Renée...

— C'est exact!

Il ferma à demi les yeux, à la façon d'une somnambule extra-lucide :

— Elle avait des taches de rousseur et on a dû l'opérer à un œil.

— Comment est-ce possible... Tout cela est vrai... Ma sœur est mariée à un pharmacien de la rue Saint-Gilles... Vous avez habité la ville, n'est-ce pas? A quelle époque?

— Chut!... Voulez-vous que je vous dise qui est consul de France à Bombay ou procureur à Tahiti?...

— J'aimerais mieux savoir quand vous avez habité ici...

Les Tihon, le mari et la femme, et la petite fille par surcroît qui, elle, ne comprenait pas, le regardaient avec des yeux émerveillés.

— Vous me ferez croire que vous êtes un peu fakir!

— Qui sait?

— Au fait, j'ai oublié de vous demander quelque chose. Est-ce que vous comptez prendre vos repas à l'hôtel?

— Je ne pense pas... J'ai beaucoup à faire. Je serai invité de tous côtés...

— Vous voyez que vous connaissez la ville!

— J'ai dit que je serai invité... Je n'ai pas dit que ce serait par des gens que je connais...

— Vous êtes trop mystérieux pour moi! conclut Mme Tihon en riant. Pour Albert aussi, qui est en train de se demander si vous vous moquez de lui.

La grande malle était fermée par deux cadenas. De Ritter, qui l'avait dressée dans un coin, n'éprouva pas le besoin de l'ouvrir. Après s'être assuré que les tiroirs de la commode fermaient à clef, il y rangea le contenu de sa valise : deux chemises usées, deux paires de chaussettes, un rasoir, un blaireau et une cravate de rechange.

C'était tout! Il compta ce qu'il lui restait en poche : cent trente-sept francs cinquante, exactement. Puis il sortit, acheta pour cinq francs de chocolat à l'épicerie et revint à l'hôtel. La petite fille était toujours par terre dans le bureau. Sa mère faisait des comptes devant un petit secrétaire en acajou.

— Vous permettez, madame...

Et il remit les chocolats à la gamine.

— Mais, monsieur... c'est trop...

— C'est pour le dérangement que je vous ai causé tout à l'heure avec mon enveloppe...

— Ne mange pas tout maintenant, Alice...

En sortant, il savait fort bien qu'on allait reprendre les chocolats à la petite, qu'on les enfermerait dans l'armoire et que l'enfant devrait pleurer pour en avoir un morceau.

S'il savait cela! Comme s'il l'eût vécu lui-même, parbleu! Et il devinait tout de ce que l'on dirait à table, ce midi! Quelqu'un, sûrement, émettrait l'hypothèse qu'il était un espion. C'était couru. Cela lui était arrivé plus de cent fois. Les gens ont un respect craintif pour les espions...

Il déambulait dans le quartier, sans but. Les heures passaient et il les connaissait toutes car toutes avaient leur aspect, leurs bruits, leurs odeurs. L'heure de la récréation dans la cour de l'école... Le soleil, plus haut, coupait les rues en deux. De loin, mais de loin seulement, de Ritter jeta un coup d'œil à la porte verte.

Le seul endroit un peu dangereux! Et encore! D'un trottoir à l'autre, tout à l'heure, est-ce que sa mère l'avait reconnu? Et pourtant elle l'avait observé des pieds à la tête, comme ses voisines. Albert non plus ne l'avait pas reconnu.

D'ailleurs, il allait faire une nouvelle expérience. Rue Saint-Roch, la rue commerçante, il pénétra chez le confiseur, qui vendait en demi-gros et au détail. C'était une maison importante, bourrée de marchandises, avec quatre vendeuses en tablier blanc derrière les comptoirs.

— Donnez-moi des fourrés aux cerises...

Vingt ans qu'il n'en avait pas mangé, qu'il n'y avait même pas pensé. Est-ce que seulement cela existait ailleurs?

Un homme à cheveux gris, important, bien habillé, se promenait dans le magasin. C'était M. Muret, le patron. De Ritter fit exprès de lui adresser la parole, de se camper devant lui.

— Joli printemps, n'est-ce pas?

— Beau temps, oui...

Et de Ritter exultait, car c'était à son oncle qu'il parlait et son oncle ne s'en doutait pas. Il est vrai qu'il était devenu un peu gâteux. Ses yeux étaient cernés de rouge. Il portait toujours des pantalons à rayures et des guêtres gris perle qui lui donnaient l'air d'un vieux beau.

— Les affaires ne sont pas trop mauvaises?

— Ça va!... Ça va!...

Il partit avec ses cerises, franchit le pont, alla déjeuner derrière l'hôtel de ville, dans un petit restaurant bon marché où il y avait surtout des gens de la campagne qui n'hésitaient pas à apporter leurs provisions.

A six heures du soir, il n'y avait encore rien pour lui à la poste restante et il se promena dans les rues où il pouvait rencontrer Léa. Les gens se retournaient sur lui. La plupart le prenaient pour un acteur. Les gamines l'admiraient. Il allait à pas réguliers, scandant sa marche des mouvements de sa canne à pomme d'or et personne ne pouvait se douter qu'il avait envie de s'asseoir.

Mais il ne pouvait pas s'asseoir sur un banc! Dans les cafés, il lui faudrait encore consommer, dépenser de l'argent. Il connaissait tellement cela, ces villes où l'on n'a pas de port d'attache et où on est condamné à rôder sans fin dans les endroits publics!

Des magasins avaient changé. Un bazar avait englobé deux pâtés de maisons. Il y avait aussi des garages, des pompes à essence.

Il ne rencontrait pas Léa. Par contre, au bazar, il vit un de ses anciens camarades d'école, vêtu d'une redingote, surveiller les comptoirs en plein vent.

Non loin de là, on apercevait un grand café où chaque jour, de quatre heures à huit heures, on faisait de la musique, et où on avait des chances de rencontrer une jolie femme en quête d'aventure.

De Ritter se dirigea vers la gare, entra au Café Vénitien. Un petit groupe d'habitués était installé à proximité du comptoir. Quatre hommes jouaient à la belote et les autres regardaient.

De Ritter mangea d'abord un sandwich tout près d'eux. Puis il se pencha comme ses voisins pour suivre les coups.

A sept heures, il était toujours là, accoudé au dossier de sa chaise, regardant les cartes se succéder sur le tapis rouge. Il n'avait fait aucune connaissance. Trois des joueurs se seraient aisément familiarisés avec lui, mais il y en avait un quatrième qui, à en juger par sa conversation, devait être architecte : un gros homme important, au cou rouge, qui le regardait de travers et répondait à ses avances par des grimaces éloquentes.

Il valait mieux partir. Avant d'en arriver au coup de l'émeraude, il y avait encore pour deux bonnes heures de préparation et rien ne laissait prévoir que le coup réussirait.

Il se leva, dit bonsoir à tout hasard, car il serait peut-être content de revenir dans quelques jours et il ne fallait rien négliger. Comme la grande poste ne fermait qu'à sept heures et demie, il prit le tram.

Il faisait noir. Les passants marchaient vite. Il allait entrer à la poste, pousser la porte tournante, quand on lui toucha le bras. Il tressaillit plus qu'il ne l'aurait voulu, il tressaillit même comme s'il avait eu peur et il en voulut à Léa.

— Qu'est-ce que tu fais ici?

— Viens... Je t'expliquerai...

De l'autre côté de la porte s'alignaient les guichets, celui de la poste restante, celui des mandats, puis celui des télégrammes...

Léa l'entraînait sur le quai sans boutiques, où il faisait plus sombre.

— Tu ne deviens pas folle, non?

— Attends, je vais t'expliquer... Sais-tu à qui

appartient la première maison que tu m'as désignée?...

Il regardait par terre. Elle continuait, accrochée à son bras, ralentissant le pas :

— A Fredo!... Il n'est pas ici, mais sa femme, qui tient la maison, te connaît...

— Alors? questionna-t-il, méchant.

— Elle dit comme ça que Fredo ne veut pas qu'elle travaille avec les amateurs...

— Et les autres?

— Elle a dû leur téléphoner... On ne m'a pas seulement fait entrer... Qu'est-ce que tu crois?

— C'est malin, cette question! Qu'est-ce que je crois? Avais-tu besoin de leur parler de moi, imbécile?

— Ils savaient sans que j'en parle...

Ils marchèrent. La lune se reflétait sur la face pâle de la rivière. Les ponts formaient des guirlandes de lumière.

— On peut aller dans une autre ville, murmura Léa.

— Laisse-moi tranquille.

— Je disais ça parce que...

— Mais tais-toi, sacrebleu!

Puis il questionna en regardant ailleurs :

— Il te reste toujours tes cent francs?

— Moins trente, pour ma chambre et le déjeuner...

— Ecoute...

Sur une rive, la ville et ses lumières. Sur l'autre

le faubourg Saint-Roch, son quai sombre, ses maisons à un étage.

— Tu vas faire comme si tu ne me connaissais pas... Tu comprends? Tu te feras indiquer la rue de la Commune... Il y a un hôtel... Tu prendras une chambre...

— A la semaine?

— Tu prendras une chambre comme tu voudras...

Il enrageait contre Fredo qui avait dit qu'il était un amateur et qui, de Paris, où il devait être en train de faire une belote rue de Douai, bousculait tous ses plans.

— Arrange-toi pour aguicher le patron... Il s'appelle Albert...

— Tu le connais?

— Fais ce que je te dis... Surtout, toi, tu ne me connais pas... Tu m'appelles monsieur et je t'appelle madame...

— Tu n'as pas faim?

— Non.

— Moi, j'ai faim... J'ai traversé trois fois toute la ville à pied...

Il grommela :

— Bonne avance pour quatre!

Puis, s'arrêtant avant le second pont :

— Compris? Rue de la Commune! Il n'y a qu'un hôtel... Le patron est une nouille...

— Tu crois que j'en aurai assez avec mes soixante-dix francs?

Il haussa les épaules et fit demi-tour, sans lui dire au revoir, sans la regarder partir.

Il atteignit les rues éclairées, toujours de méchante humeur et, comme il n'avait rien à faire, il entra dans un cinéma qu'il ne connaissait pas, un nouveau cinéma qui avait pris la place d'un marchand de chaussures. Il avait acheté une paire de souliers dans cette maison, un jour qu'il avait treize ans et qu'il était en ville avec sa mère.

II

— A quoi penses-tu? questionna-t-il, énervé, à bout de patience.

Il y avait un quart d'heure qu'elle l'observait, avec l'air de réfléchir à son sujet.

— Je me demande ce que tu es venu chercher ici.

Il ne répondit pas et se tourna vers le fond du café. Ils étaient revenus au *Vénitien* où ils avaient pris un verre la première nuit. A l'hôtel, ils avaient feint de ne pas se connaître et ils ne s'étaient pas adressé la parole. « C'est une danseuse de cabaret », avait dit Albert à de Ritter, comme Léa passait dans le corridor.

— Ah!

Et ils avaient attendu dix heures du soir pour se retrouver dans le café, en face de la gare. Désormais, on pouvait prévoir qu'ils y seraient tous les soirs, à ne rien faire que regarder devant eux et échanger quelques phrases nonchalantes. Ils avaient déjà leur coin. Les joueurs de belote attablés avec le patron s'accoutumaient à leur présence et, dans un jour ou deux, ils se salueraient.

— Tu as encore ta mère?

Chacune des phrases de Léa était le résultat d'une longue rêverie intérieure; elle était quiète, ses bras roses reposant sur le marbre de la table, sa fourrure rendant plus fraîche et plus tendre la peau de la nuque.

— Oui, je l'ai encore. Qu'est-ce que cela peut te faire?

— Elle habite la ville? Tu l'as vue?

— Et après?

— Rien... Ne te fâche pas... J'essaie de comprendre...

Il prit un journal sur la table voisine et le déplia. Pendant les silences on entendait le ronron d'un chat étalé sur la banquette. La caissière bâillait. Une locomotive manœuvrait derrière les bâtiments de la gare.

— Je ne sais même pas ce que tu faisais à Clermont...

— Si on te le demande... fit-il cyniquement, sans achever.

A ces moments-là, il prenait son plus mauvais air; le regard oblique, la bouche hargneuse, il avait vraiment une mine de voyou.

Il n'y avait que deux mois qu'ils s'étaient connus à Clermont-Ferrand. Léa était en maison. De Ritter l'y avait rencontrée, par hasard, et il était revenu la voir à plusieurs reprises, parce qu'elle s'intéressait à lui. Elle avait la manie de le questionner, de s'inquiéter de sa santé.

— Tu ne devrais pas fumer autant de cigarettes, lui avait-elle dit un soir qu'ils bavardaient près du piano mécanique.

Car il n'arrêtait pas de fumer. Ses doigts étaient ambrés, presque bruns.

— Tu es pour longtemps à Clermont?

De fil en aiguille, sans passion, sans idée arrêtée, il lui avait proposé de partir avec lui. Depuis ce moment-là, elle l'observait. Il ne faisait pas un geste qu'elle n'enregistrât automatiquement. Elle pensait sans cesse à lui, au ralenti, essayait peu à peu de se faire une opinion.

— L'hôtelier a commencé à te faire la cour? questionna-t-il soudain en levant le nez de son journal.

— Ça y sera quand je voudrai... Il est toujours sur mon passage... Tout à l'heure il est entré dans ma chambre comme j'étais à moitié déshabillée... Qu'est-ce que tu veux que j'en fasse?

— Tu crois qu'il n'a pas d'argent? Sache que l'hôtel existait déjà du temps de son grand-père et il y avait des écuries pour les chevaux. J'étais tout petit que ma mère me parlait des Tihon et de leur fortune...

— Sa femme s'apercevra de quelque chose... soupira Léa.

— Et après?

Elle eut l'impression qu'il venait de lui révéler quelque chose. Elle ne savait pas au juste quoi, mais elle le sentait dur, amer, méchant, rageur.

— Il t'a fait quelque chose?

— Qu'est-ce qu'il m'aurait fait? Il a de l'argent, un point c'est tout et nous en avons besoin. Tu as compris, à présent?

— Non!

Elle se disait que Fredo avait raison : de Ritter était un amateur. Toutes ces histoires n'étaient pas régulières. Elle avait beau se raisonner, elle ressentait une inquiétude vague.

— C'est une drôle d'idée d'être venu faire ça dans ta ville! s'obstina-t-elle en vidant son verre de bière.

Elle n'en démordait pas. N'importe où sauf là! C'est comme si elle, allait se mettre en maison à Valenciennes, où elle était née, quitte à voir défiler des gens avec qui elle avait joué dans la rue.

Elle haussa néanmoins les épaules, car ce n'était pas la peine de se tourner les sangs. Puis, comme il lisait toujours, elle murmura timidement :

— Passe-moi la page du milieu, veux-tu?

Pendant la journée, ils ne se connaissaient plus. De Ritter entendait Léa aller et venir dans la chambre voisine. Il sentait qu'Albert rôdait autour d'elle et, comme il descendait vers midi, il dut tomber au beau milieu d'une scène conjugale car il y eut à son entrée dans le bureau un silence gêné.

Mme Tihon était quelconque, pas laide, pas

belle, exactement ce que l'on pouvait s'attendre à rencontrer dans cet hôtel. Albert, lui, avait engraissé à force de ne rien faire, car il était trop puissant pour traîner impunément, en pantoufles, dans les couloirs d'un hôtel.

— Vous sortez? lui demanda-t-il.

— Oui... Je vais déjeuner en ville...

Jamais l'hôtel n'avait eu de clientes comme Léa, évidemment!

C'était une de ces maisons un peu ternes et sévères où on a l'impression qu'il ne vient jamais de monde et où, pourtant, se font de solides fortunes. Ne descendaient là que des habitués, des gens que l'on connaissait depuis des années et certains avaient vu Albert se traîner, enfant, sur le tapis rouge du bureau comme sa fille le faisait aujourd'hui.

Chez lui, de Ritter n'avait jamais respiré cette atmosphère bourgeoise, savouré pareille impression de calme et de sécurité. Il se souvenait d'avoir joué des après-midi entiers dans la cour avec Albert à qui un oncle avait offert un petit billard copié sur les véritables...

Il sortit, se dirigea comme d'habitude vers la place des Métiers, centre géographique du faubourg.

— Quelle drôle d'idée... avait dit Léa.

Pourquoi se mêlait-elle de ce qui ne la regardait pas? Voilà maintenant qu'il était presque inquiet, qu'il se demandait ce qu'il avait pu espérer et comment cela finirait.

La seconde maison, à droite, dans la rue du Pont-de-l'Arc, avait appartenu à sa tante... Est-ce que son oncle y vivait toujours?...

Il touchait à un des souvenirs les plus troubles de son enfance et, après tant d'années, il n'y pensait qu'avec un malaise. Quel âge avait-il alors? Sept ans? Huit ans? Une fois par semaine, le mardi, il allait avec sa mère chez cette tante qui s'appelait Elise.

Elle devait être jolie. Du moins il en avait l'impression. A ce moment, ce n'était pour lui qu'une grande personne mais, en y réfléchissant, il réalisait qu'elle ne devait avoir que vingt-six ou vingt-sept ans.

Comment était la pièce où ils se tenaient? Il y avait par terre un linoléum à fleurs, un foyer à gaz dans la cheminée. Il se souvenait surtout de la tache lumineuse et chaude du poêle à gaz. On buvait un vin sucré, du porto sans doute, servi dans une carafe finement striée.

La tante, il ne la voyait plus. Mais dans ses oreilles bourdonnaient des phrases où il était question de Joseph. Les deux femmes, sa mère et sa tante, avaient la manie de se lamenter.

— C'est tellement terrible de vivre avec un homme sans éducation!...

— ... hier encore Joseph m'a dit...

Le mari était quelque chose comme mandataire aux Halles. De Ritter ne l'avait vu qu'une fois dans des circonstances dramatiques.

Un soir d'hiver, tout à coup, son père et sa

mère l'avaient emmené chez la tante Elise. Il y avait beaucoup de monde dans la maison, des tantes et des oncles, puis des inconnus. On parlait bas, avec mystère. On aurait dit qu'un crime avait été commis.

Puis on avait entendu un cri perçant de femme, un cri d'effroi et il avait vu sa tante Elise emportée dans l'escalier par deux infirmiers...

Pendant ce temps, l'oncle, celui qu'il n'avait jamais vu auparavant, le mandataire sans éducation, sanglotait, appuyé au mur, tout seul, dans un coin d'ombre du corridor.

Pendant des années, quand on passait devant la maison, sa mère lui avait répété :

— C'était ton oncle... Mais il ne faut jamais en parler... A cause de lui, ta tante est devenue folle...

Car c'est ce qui s'était passé, il s'en était rendu compte longtemps plus tard. Sa tante Elise, cette femme de vingt-six ans qui devait être belle, avait été atteinte de la folie de la persécution et, les derniers jours, elle vivait barricadée dans sa chambre où les infirmiers avaient dû venir la cueillir.

Depuis lors, l'oncle avait cessé d'être un oncle, d'appartenir à la famille.

Est-ce que maintenant il était mort? Habitait-il encore cette maison à loggia, une des plus belles de la rue?

Quant à la tante Anna, celle qui avait un grain de beauté velu sur la joue...

De Ritter n'aurait pas pu parler de ces choses avec Léa. Elle aurait compris! Elle avait répété le mot de Fredo :

— Un amateur...

Ce qui prouvait qu'elle n'était pas intelligente, ou qu'elle n'avait aucun tact, car c'était bien la seule chose à ne pas lui dire. Un amateur, c'est-à-dire quelqu'un qui ne fait rien comme les autres; en somme quelqu'un qui n'entre dans aucune catégorie?

C'est en sautant du banc, sous les ormes de la place, qu'à onze ans il s'était cassé un bras. Le banc, ce jour-là, était censé être un navire d'où plongeaient les naufragés...

Il passa devant la maison à porte verte. C'était un besoin. Il sentait qu'il finirait par y entrer, mais il ne savait pas encore sous quel prétexte.

Est-ce qu'on pourrait le reconnaître? Non! C'était impossible. Cela faisait vingt-quatre ans maintenant qu'il était parti et, à cette époque, il n'avait même pas vingt ans! Dix-huit à peine...

Il n'avait qu'à regarder la rue et tout lui revenait en mémoire. C'était la rue où ils jouaient. Ou plutôt le faubourg entier était leur domaine. Mais il y avait deux bandes à se le partager. D'une part, les gamins que les parents appelaient les petits voyous, puis les autres, comme Albert, bien habillés, le tablier toujours propre, qui possédaient autant de billes qu'ils en voulaient et qui rentraient chez eux pour goûter...

— On t'a encore vu avec les petits voyous! le gourmandait sa mère.

Ceux qui sautaient les palissades, grimpaient aux arbres, allaient même se baigner tout nus dans la rivière, près du terrain des manœuvres...

Son père était caissier à la banque. Dans le quartier, on le saluait avec respect et des voisins venaient lui demander des conseils ou le prier d'écrire leurs lettres difficiles.

A seize ans et demi, de Ritter était entré à la banque, lui aussi, et, la première semaine, le directeur l'avait appelé dans son bureau pour lui déclarer, sévère et glacé :

— Il m'est désagréable de voir mes employés se promener en casquette. Veillez-y, je vous prie!

Puis le reste... Les bonnes amies qui l'attendaient dehors... Sa mère qui se lamentait (elle se lamentait juste comme la tante Elise) :

— Tu me feras devenir folle!

Cela le frappait maintenant, qu'elle eût employé ce mot-là. Il l'avait vue, la veille sur son seuil, avec son panier à légumes, et il gardait de cette vision comme un malaise... Elle qui était si maigre jadis s'était empâtée... Son visage était comme lunaire... Son rire n'était plus le même.

Que pouvait-elle faire, toute la journée, dans cette maison avec sa locataire qui était « une vieille demoiselle »?

Il s'était engagé, lui, à dix-sept ans, pour en finir. Il avait eu à subir des scènes épouvantables. Pour la première fois, il avait vu pleurer son père.

— Je souhaite que tu restes dans le droit chemin. C'est tout ce que je peux te dire.

Sa mère avait eu une crise de nerfs, s'était roulée par terre. Et des oncles étaient venus pour le dissuader de partir...

Il s'était engagé malgré tout et il avait demandé le Tonkin. Puis...

Depuis lors, il n'était pas revenu une seule fois dans la ville. Il avait écrit pendant un an. Qui est-ce qui le reconnaîtrait maintenant? Qui se souvenait du gamin efflanqué, qui portait les cheveux longs, à l'artiste, et qui regardait avec insolence ses tantes et ses oncles, méprisait tout le faubourg et ses petites gens?

L'agent de police d'à côté, par exemple, dont le fils faisait des études de médecine et raflait toutes les bourses : une grosse tête d'idiot sur un corps de poupée de son?

Au fait, il était peut-être médecin dans le quartier?

Il déjeuna dans son petit restaurant, de l'autre côté du pont. Le patron et la patronne servaient eux-mêmes. Il y avait de la friture de rivière et de Ritter éprouva le besoin de déclarer :

— A Tahiti, on mange le poisson cru.

— Vous êtes allé à Tahiti?

— J'y étais encore l'an dernier.

— Vous êtes fonctionnaire?

— J'étais greffier du tribunal.

On l'écoutait des autres tables. Là encore, il n'y avait que de petites gens. Les uns étaient émerveillés. D'autres affectaient des sourires incrédules.

Et pourtant c'était vrai! Il avait été greffier du tribunal de Tahiti! Il avait eu son auto et, là-bas, quand il donnait une fête, le gouverneur lui-même y assistait.

Seulement, c'était l'éternelle histoire, personne ne pouvait comprendre! Et c'est quand il disait la vérité qu'il avait l'air de mentir.

— Les Tahitiennes sont aussi belles qu'on le dit? questionna le patron.

— Magnifiques... J'en avais toujours deux ou trois dans ma voiture...

Du coup, les incrédules devenaient majorité, alors qu'il n'exagérait pas.

S'il était allé à Tahiti, c'est parce que, à Panama, on l'avait condamné à deux ans de prison pour escroqueries. Il s'était enfui. Plus exactement, on l'avait laissé partir, on avait fermé les yeux plutôt que de le nourrir pendant deux ans.

A Tahiti, on lui avait demandé s'il était licencié en droit.

— Evidemment! avait-il répliqué.

Et on l'avait presque supplié d'accepter le poste de greffier, pour lequel on ne trouvait personne. Il y était resté plus d'un an. Il avait une auto. En une nuit, on buvait chez lui pour mille francs de liqueurs...

Il regardait, maintenant, ces gens qui déjeunaient à prix fixe (cinq francs cinquante, vin compris) et qui le prenaient pour un fou...

— Vous avez beaucoup voyagé?

— J'ai vécu dans tous les pays du monde... De Tahiti, je suis revenu par Shangaï, puis Java et Bombay...

Et ces braves idiots de se lancer des clins d'œil complices qui voulaient dire :

« Il nous prend pour des imbéciles! »

Albert Tihon, au fond, ne le prenait peut-être pas très au sérieux non plus, malgré le coup de l'enveloppe aux cinq cachets. Et Léa avait dit :

— Un amateur...

Il restait très calme en apparence. Il souriait d'un sourire supérieur. Tant pis pour les crétins. Puis il sortait et il suivait les quais en faisant des moulinets avec sa canne à pomme d'or.

Pourquoi avait-il une canne à pomme d'or? Uniquement parce que, lorsqu'il avait quinze ans, le comte de Restif, l'homme le plus élégant de la ville, se promenait chaque soir dans les rues, avec un jonc à pomme d'or. Il en était ainsi pour son pardessus noir trop cintré. C'était la mode en ce temps-là. Il avait toujours rêvé d'en posséder un et ses parents s'y refusaient.

A cinq heures, il entra dans le grand café à musique où il aperçut Léa à une table, près de l'orchestre. Avant qu'il s'approchât d'elle, elle lui adressa un petit signe qu'il comprit et il s'installa trois tables plus loin.

A la table voisine de Léa, se trouvait un vieux monsieur qu'il reconnaissait, le plus important quincaillier de la ville, qui s'occupait aussi de toutes les fêtes. Après quelques minutes il changea de place et entama la conversation avec la jeune femme.

Ils riaient tous les deux. Et de Ritter buvait lentement son café filtre, en regardant la foule avec mépris.

— Qu'est-ce que tu as, Thérèse?

— Il vient encore de passer. Je ne sais pas l'effet qu'il me produit. Je crois qu'il me fait peur...

— Tu es ridicule. Je te dis que c'est simplement quelqu'un qui cherche une chambre à louer...

Elles étaient deux dans une petite salle à manger qui servait en même temps de salon et qui contenait tout ce que la maison possédait de précieux.

Les meubles étaient si nombreux qu'il fallait des précautions pour se faufiler entre eux. Sur la table, des napperons, des photographies et des vases. Au mur, des étagères regorgeaient de bibelots sans valeur dont certains n'étaient que des souvenirs de foire.

Un lourd abat-jour rose tamisait la lumière et la grosse Mlle Niquet tricotait avec placidité. Elle était énorme et molle. C'était la fameuse locataire dont on avait parlé à de Ritter.

— Qui veux-tu que ce soit?

— Je ne sais pas...

Mme Chevalier, elle, allait sans cesse, pressée et

nerveuse, de la salle à manger à la cuisine où mijotait le dîner.

— Il s'arrête chaque fois devant la porte... A midi, j'ai bien compris qu'il essayait de voir à travers les rideaux...

C'était une drôle de maison, une drôle d'existence : Mme Chevalier, veuve depuis trois ans, et la demoiselle Niquet qui avait cinquante ans, et des rentes. De temps en temps, elles se disputaient :

— Tu es beaucoup trop nerveuse!... Tu me fatigues!

Et la veuve de répliquer :

— On voit bien que tu n'as jamais vécu, toi... Veux-tu que je te dise? Tu es une vieille égoïste! Une femme qui n'a eu ni mari ni enfants n'a pas le droit de parler...

— J'en ai assez vu autour de moi!

— Ce n'est pas la même chose...

Elles se boudaient pendant trois ou quatre jours. Soudain, l'une d'elles achetait des gâteaux pour faire la paix.

— Je t'assure que je ne suis pas tranquille...

— Veux-tu que demain, quand il passera, je lui demande ce qu'il cherche?

— Non.

— Si quelqu'un devait avoir peur, ce serait plutôt moi, qui ai toutes mes obligations dans ma chambre. Mais j'ai mon idée... Au lieu de lui parler, à lui, j'en parlerai à M. Jamar... comme secrétaire du commissariat il pourra nous donner des renseignements... Qu'est-ce que tu as, Thérèse?

— Rien, laisse-moi...

— Tu vas encore pleurer?

— Laisse-moi, te dis-je! Tu ne sais pas, toi!

C'était leur vie. Elles pleuraient, elles se consolaient, elles se disputaient, dans une petite maison pleine de souvenirs, où chaque bibelot avait sa signification.

— Si mon mari était encore là...

— Veux-tu te taire!

— Il y a des moments où je souhaite de mourir...

— Eh bien, ce soir, nous irons au cinéma... Si, c'est moi qui l'offre...

Elles y allaient. Elles partaient bras dessus, bras dessous. Elles achetaient des bonbons qu'elles suçaient pendant la projection. En revenant, elles étaient encore plus tristes.

Et, à la même heure, le même soir, de Ritter était assis tout seul dans un coin du *Vénitien*. Il avait attiré à lui le journal qu'il ne lisait pas. Il buvait un verre de bière et écoutait distraitement la conversation des joueurs de belote.

En face, la gare, et son cadran jaunâtre marquait onze heures et demie. Encore deux heures à tirer avant de dormir! Léa n'arrivait pas. Elle devait avoir dîné avec le quincaillier, et de Ritter connaissait le restaurant où avaient lieu ces sortes de parties fines.

Le gros architecte méfiant du premier jour partit le premier, car sa femme l'attendait. Il y eut un moment de flottement autour de la table. On parla bas et enfin le patron s'approcha de Ritter.

— Vous connaissez la belote?

— Mais oui!

— Vous ne voudriez pas nous rendre le service de faire le quatrième?

— Volontiers.

Il se leva. On le présenta. Il entendit mal les noms et cela n'avait aucune importance.

— A combien le point?

— Un demi-centime. Vous voyez que ce n'est pas dangereux!

Il regarda ses cartes. A la troisième donne, il trouva Léa installée derrière lui.

— Ça va? lui demanda-t-il.

— Ça va!

Un peu plus tard, il ne put s'empêcher de murmurer :

— Au Brésil, nous jouions un jeu terrible, avec, chacun, un couteau à portée de la main.

— Vous avez vécu au Brésil?

— Dans toute l'Amérique du Sud...

C'était vrai. Léa, imbécile qu'elle était, souriait malignement, croyant qu'il était là-bas pour protéger une ou deux femmes dans son genre. Or, la vérité, c'est qu'il était garçon de restaurant!

— Ce sont des pays riches... fit un brave homme qui devait être entrepreneur de maçonnerie.

— Assez oui... Il y a de la crise quand même... Quel est l'atout? Cœur? Je prends...

Pendant le jeu, il trouva le moyen d'ouvrir le

sac de Léa, sous prétexte d'y prendre son briquet. D'un geste rapide, il écarta la pochette où était l'argent. Elle contenait trois billets de cent francs qui ne s'y trouvaient pas le matin.

Il battit des cils en signe de satisfaction. Elle comprit, haussa les épaules comme pour dire que ce n'était pas fameux.

Quant à lui, il gagna six francs vingt-cinq, et cela suffit à le mettre de bonne humeur.

— Demain, je vous montrerai le jeu brésilien...

Dans la rue, elle questionna, accrochée à son bras d'un geste qui lui était machinal dès qu'elle se trouvait près d'un homme :

— C'est ton nom, de Ritter?

— Pourquoi voudrais-tu que ce soit mon nom? J'ai pris ce nom-là quand j'ai fait du journalisme à Bordeaux.

— Tu as été journaliste?

— J'ai même été éditeur.

— Et ton vrai nom?

— Je me suis contenté de traduire... Mon vrai nom est Chevalier...

— Tu as rencontré ta mère, depuis que tu es ici?

— Deux ou trois fois.

— Elle ne t'a pas reconnu?

— Non.

— Quel effet cela t'a-t-il fait?

Il se tut et continua à marcher dans la ville déserte.

— Elle finira par deviner.

— Et alors? riposta-t-il âprement.

— Justement : et alors?

Ils firent peut-être cent mètres en silence. En tout cas, ils parcoururent le chemin séparant quatre becs de gaz et, quand de Ritter était gamin, il se servait de ce repère pour courir un cent mètres.

— Tu as rendez-vous avec l'idiot?

— Quel idiot? demanda Léa.

— Le quincaillier...

— Tu le connais?

— Parbleu!

— Il se demande d'où je viens. Je lui ai dit que j'arrivais de l'étranger... Mais je ne crois pas que ce soit l'homme à s'occuper deux fois de la même femme.

Ils marchaient côte à côte, parlaient pour parler.

— Tu es un phénomène.

— Pourquoi?

— Parce que!

Et ce furent encore cent mètres, deux cents, le long du quai, cette fois.

— Pourvu que ton ami Albert ne vienne pas me rejoindre dans ma chambre...

— Cela te gêne?

— Je n'aime pas avoir des histoires avec les femmes... Il a trois enfants... Sa femme est gentille... Ce matin, j'ai vu qu'elle avait pleuré...

— Et après?

— Tu es méchant.

— Moi?

Il éclata de rire :

— Méchant, moi!... Que dirais-tu, alors, si je mettais une bombe qui fasse sauter toute une rue de ce quartier-là?

— Tais-toi! Tu me fais peur...

— Tu m'en crois capable?

Elle hésita. Il dut se pencher pour entendre la réponse.

— Peut-être...

Cela lui fit du bien. Il se tint plus droit, avec toujours cette même façon de s'appuyer sur sa canne à chaque pas, comme il l'avait vu faire jadis par le comte.

Il avait ainsi un certain nombre de tics qui, tous, puisaient leur raison d'être dans des souvenirs d'enfance.

— Tu lui en veux?

— A qui?

— A Albert... Je t'assure que c'est un bon garçon... Nous sommes en train de lui mettre la tête à l'envers... Je suis sûr qu'à l'heure qu'il est il ne dort pas, mais qu'il attend de m'entendre rentrer...

— Tant mieux!

— Pourquoi? Il était heureux avec sa femme... Elle ne dort peut-être pas non plus... Elle devine pourquoi il est si nerveux...

« ... Si j'avais su, je crois que je serais restée à Clermont...

— Si tu avais su quoi?

— Ce que tu viens faire ici.

— Et qu'est-ce que je viens faire? insista-t-il.

— Ça, je n'en sais rien encore. Mais si tu m'écoutais, nous prendrions le train demain matin. Je connais la patronne d'une maison de Nice. Elle ne demandera pas mieux que de me prendre. Tu seras tranquille, là-bas, loin de toutes tes idées...

— Merci bien!

— Alors, dis-moi au moins ce que tu as dans la tête...

Il s'arrêta net, montra une encoignure sombre.

— Regarde!

— Eh bien?

— Tu vois cette porte cochère... C'est là que, pour la première fois de ma vie, j'ai touché une femme, une gamine de mon âge, la fille de notre femme en journée...

— Quel âge avais-tu?

— Quinze ans.

— Qu'est-elle devenue?

Il haussa les épaules.

— Elle doit être mariée et avoir quatre ou cinq enfants. Ce n'est pas ça qui importe. C'est que ce soit là que, moi...

Il donna un coup de canne sur la pierre de taille.

— Viens!

— Tu n'étais pas aussi nerveux à Clermont... Pourquoi, ce matin, as-tu refusé de me dire de quoi tu vivais là-bas?

— Parce que cela ne te regarde pas... Mais je vais te le dire quand même... Tu m'as traité d'amateur, pas vrai? C'est à peu près cela... Je faisais les foires...

— Les foires?

— Oui, le camelot, si tu préfères! Tu as vu ma grande malle. Sais-tu ce qu'elle contient?

— T'énerve pas... murmura-t-elle en lui serrant furtivement les doigts.

— Elle contient des rasoirs, des blaireaux et des savons... Avec ce savon, messieurs, je mets un blaireau... Avec le blaireau je vous offre, uniquement à titre publicitaire et gratuit, un superbe rasoir mécanique métal argenté inoxydable et, avec le tout, je...

— Tais-toi!

— Pourquoi?

— Ta voix sonne faux... Si tu continues, je reprends le train demain matin.

Il obéit. Un peu avant d'arriver à l'hôtel, comme ils devaient se séparer pour y entrer l'un après l'autre, il supplia en la poussant sur un seuil :

— Tu ne t'en iras pas, dis?... Tu le jures?...

— ... Si tu es sage...

III

Il attendit huit heures du soir en errant dans les mêmes rues et, à mesure que le temps passait, ses yeux devenaient plus durs. L'obscurité était tombée. La sonnerie d'un cinéma tintait. Comme jadis à la porte du premier cinéma à deux sous où tous les gamins hurlaient de joie au premier rang...

Il avait aperçu Léa dans le café à musique. Mais elle était seule à une table, devant une tasse de café! Elle ne s'était pas trompée sur le compte du quincaillier, qui ne cherchait que du nouveau.

Albert, lui, s'emballait comme un gamin de seize ans, courait toute la journée dans les escaliers, sifflait des chansons sentimentales en passant devant la porte de sa locataire, trouvait tous les prétextes imaginables pour frapper chez elle, et portait une fleur à la boutonnière.

Le résultat, c'est que sa femme avait les yeux rouges et que de temps en temps on entendait l'interminable murmure d'une dispute à laquelle la petite fille assistait sans comprendre.

D'argent, point! Comme Léa disait, il était

impossible de demander déjà de l'argent à un homme aussi amoureux. Il fallait lui laisser ses illusions, pendant quelque temps au moins.

Surtout qu'il n'avait pas encore risqué de propositions précises.

Quant au coup de l'émeraude, il avait raté. Le matin, de Ritter était parti vers dix heures tout exprès. Il était entré au *Vénitien* qui, à cette heure-là, était toujours vide. Le garçon, assis à une table, lisait son journal. Comme d'habitude, le patron s'était avancé vers la devanture, rasé de frais, le corps à l'aise dans son complet confortable et de Ritter avait remarqué qu'il avait la démarche des garçons de café.

— Ça va?

— Ça va! Et vous? Vous accepterez bien l'apéritif avec moi?

Le patron interrogea l'horloge de la gare qui ne marquait que dix heures et demie.

— Si tôt?

— Bah! Il n'est jamais trop tôt pour boire frais.

En disant cela, de Ritter se voyait dans la glace d'en face et constatait qu'il n'avait pas sa tête habituelle. Il souriait d'un sourire forcé. Sa voix était forcée aussi. Il voulait avoir l'air d'un homme de très belle humeur.

— Vous êtes content des affaires?... C'est votre femme qui, le soir, est à la caisse?

Le patron prit une mine de circonstance :

— Ma pauvre femme est morte voilà un an.

Il montrait son complet gris, sa cravate noire, le

crêpe qu'il portait à la manche. C'était un sentimental.

— Alors, comme dans notre commerce, il faut une femme, j'ai fait venir ma belle-sœur d'Amiens.

Tout cela était mauvais. Il y avait déjà cinquante pour cent de chances perdues. Néanmoins, de Ritter engagea la partie, c'est-à-dire qu'il se mit à jouer avec la pierre verte qu'il avait toujours en poche.

— ... C'est une brave femme, continuait le patron, tout à son sujet... N'empêche qu'une belle-sœur n'est jamais qu'une belle-sœur!

De Ritter dut laisser tomber trois fois la pierre sur le marbre de la table pour qu'elle fût enfin remarquée.

— Qu'est-ce que c'est? demanda le bonhomme, par politesse plutôt que par curiosité.

— Vous n'êtes jamais allé aux Indes? A Colombo, à Bombay? Vous auriez vu des émeraudes à l'état brut, comme celle-ci...

— Une émeraude, vraiment?

Il l'examina, la posa sur la table sans plus s'en occuper. De Ritter continuait, enjoué :

— C'est à la fois ma mascotte et mon banquier... Lorsqu'on voyage beaucoup à travers le monde, on a parfois des coups durs, de l'argent qui n'arrive pas à temps, ou des monnaies qu'on ne peut pas changer à un taux intéressant... Dans ce cas-là, j'ai recours à mon émeraude...

Le patron regardait dans la rue et de Ritter savait qu'il n'avait même plus dix pour cent de chances. Mais, maintenant qu'il avait commencé, il fallait aller jusqu'au bout.

— J'en possédais deux. Figurez-vous qu'un jour, au Caire, j'en confie une au portier de l'hôtel à qui je demande de me prêter trois ou quatre livres... Pas même cinq cents francs! Je devais reprendre l'émeraude le lendemain. Or, le lendemain, c'était son jour de congé et il n'était pas là... De mon côté, un télégramme m'obligeait à prendre le premier bateau... Si bien que cet homme a eu pour un morceau de pain une émeraude valant plusieurs milliers de francs!...

Le patron fit claquer ses doigts pour avertir le garçon que des clients arrivaient, sortant de la gare.

— ... A propos... Cela me fait penser...

Le patron, sans heurt, se leva.

— Vous n'auriez pas cinq cents francs jusqu'à demain ou après?... J'attends un mandat télégraphique de mes associés...

L'émeraude était toujours sur le marbre de la table.

— Je regrette... C'est une règle absolue... Emile!

Le garçon s'approcha.

— Un vermouth à recevoir pour monsieur. L'autre est pour moi...

Et il alla s'accouder à la caisse, dans une pose qui lui était familière.

Huit heures et demie. De Ritter gravit une petite rue en pente, tourna à droite dans une cour mal pavée, puis à droite encore dans une sorte de boyau où couraient des eaux sales. C'était le vieux quartier de la ville, une vieille maison, un tas de petites maisons plutôt, un îlot, avec des coins et des recoins partout, des escaliers inattendus et, par-ci par-là, des fenêtres éclairées, des ombres mouvantes derrière les rideaux.

Des marches craquèrent sous ses pas. Un moment il s'arrêta pour reprendre sa respiration et son pouls n'était pas tout à fait normal. Au moment de frapper à une porte sous laquelle filtrait un rai de lumière, il serra davantage sa canne dans sa main droite, mais il n'aurait pas pu dire à quoi cette crispation correspondait.

— Qui est là?

Il se tut, penché en avant.

— C'est toi, Berthe?

Des pas légers, de l'autre côté de l'huis. Puis la porte s'entrouvrit. On aperçut la silhouette d'une femme toute petite, toute menue qui hésitait, reculait, s'avançait, inquiète, pour refermer la porte.

Mais de Ritter était entré et la femme, qui devait lever la tête pour le regarder, l'observait en écarquillant les yeux, s'écriait enfin avec émotion :

— René!

Elle l'avait reconnu, elle! Elle en tremblait de tout son corps. Elle ne savait pas ce qu'elle devait faire. Elle n'osait pas encore l'embrasser, mais elle se hâtait de refermer la porte et elle prenait le chapeau, la canne de son visiteur, bousculait les chaises.

— René!... Si jamais je me serais attendue.

On ne savait pas si elle riait ou si elle pleurait, et elle redressait son petit chignon de cheveux gris, retirait le tablier qu'elle portait sur sa robe.

— Tu as vu ta mère? Assieds-toi... Quand es-tu arrivé?

Tout cela, néanmoins, comme s'il n'eût été parti que depuis quelques semaines. Or, c'était un gamin qu'elle avait vu pour la dernière fois, un soldat de dix-sept ans, qui était venu lui demander un peu d'argent pour partir...

Homme, il l'impressionnait.

— Enlève ton pardessus. Il fait toujours trop chaud ici... Tu te souviens? Quand tu étais petit, tu allais ouvrir la fenêtre... Attends!... Je viens tout de suite...

— Mais, tante Mathilde...

— Tais-toi! Laisse-moi faire...

Elle saisissait son sac à main sur la machine à coudre, se précipitait vers la porte. On entendait ses pas de souris dans l'escalier, puis dans la cour, et de Ritter savait ce qu'elle allait faire.

C'était déjà comme cela quand il était petit. Elle courait dans les magasins du quartier, revenait avec des tas de petits paquets qu'elle étalait sur la table.

— Mange!... Si! Cela me fera plaisir...

Et, de fait, les coudes sur la table, elle souriait en le regardant dévorer...

De sa place, il entendit la sonnerie de la porte d'une boutique...

Il faisait très chaud dans la pièce qui servait à la fois de salle à manger et de chambre à coucher, de cuisine même. Nulle part ailleurs, de Ritter n'avait vu un si étrange petit poêle, qui devait dater d'un autre siècle et qui chauffait comme l'enfer. Dessus, une casserole bleue, peut-être la même que jadis?

Le haut lit à droite... La machine à coudre et ses bouts de tissus...

L'odeur surtout! Une odeur fade, indéfinissable. Un jour qu'il avait douze ou treize ans, il avait dit devant tante Mathilde :

— Ça sent la vieille fille, ici...

Il avait dû entendre ça quelque part. La tante Mathilde n'était pas sa tante. C'était une amie de sa mère; depuis l'âge de seize ans, elle était vendeuse dans le même magasin, la meilleure mercerie de la ville, où elle vivait parmi les soies à broder et les fils de couleur.

En ce temps-là, elle avait une vieille mère et de Ritter s'était presque attendu à la retrouver, elle aussi, car, avant son départ, il ne s'inquiétait pas des âges.

Voyons... Quand il avait dix-sept ans, Mathilde devait en avoir quarante... Donc, elle en avait maintenant plus de soixante... Il lui était venu la même bouche qu'à sa mère qui n'avait plus une dent et que l'on comprenait à peine quand elle parlait.

Chaque jeudi, la vieille femme venait dîner rue de la Commune, et elle apportait un sac de bonbons, toujours les mêmes, des biscuits genre anglais couverts d'arabesques en sucres de couleurs. Sa mère les lui reprenait aussitôt en prétendant que c'était coloré avec des produits chimiques.

Mathilde rentrait, essoufflée, mais riante. Elle avait plein de petits paquets sur les bras.

— Tu ne devinerais jamais qui je viens de faire pleurer en annonçant que tu es ici...

Il chercha, sans conviction, tandis que la table se couvrait de jambon, de saucisson, de fromage et de fruits.

— Marthe! Marthe Soubirot! Tu ne te souviens pas d'elle?... La fille du marchand de chaussures.

— Une grande maigre qui louchait?

— Si peu!... C'est devenu une belle fille... Elle me parle toujours de toi et, si elle ne s'est pas mariée, cela ne m'étonnerait pas que c'est parce qu'elle est toujours amoureuse... Mange, maintenant!... Et raconte-moi...

Raconter quoi? Il n'avait pas faim, mais il savait qu'il fallait manger pour faire plaisir à tante Mathilde.

— Qu'est-ce que tu as fait pendant tout ce temps?

— Un peu de tout, vous savez... J'ai voyagé.

Elle s'assombrit :

— Je suppose que tu connais la nouvelle? Ton pauvre papa...

— On m'a dit qu'il était mort...

— Il y a eu trois ans la semaine dernière. J'étais à la messe anniversaire...

— Qu'est-ce que ma mère raconte?

— Tu ne sais pas?... Il y a deux ans que nous ne nous voyons plus, depuis qu'elle a pris cette locataire...

D'elle-même, Mathilde avait retrouvé son ton larmoyant.

— Après la mort de ton papa, j'allais passer un moment chez toi tous les soirs pour que ta mère ne soit pas si seule... Puis, comme elle me retenait tard, j'ai dormi là trois fois par semaine... Un jour, elle m'a présenté une vieille demoiselle m'annonçant que c'était sa nouvelle locataire et j'ai bien compris que j'étais de trop...

Elle s'interrompit :

— Mais toi?

— Moi, rien.

— Voilà combien de temps maintenant que tu es parti?

— Environ vingt-quatre ans...

— Mon Dieu! C'est vrai? Mais alors, tu as...

— Quarante et un ans...

— Et moi qui te parle comme à un gamin! Tu te souviens quand tu venais en cachette me demander de l'argent? Cela ne te fait rien au moins que je parle de ça? A moi, il me semble que c'est encore comme avant... Je vais toujours au magasin... Mange un peu de fromage... C'est celui que tu aimais tant... Le marchand est mort voilà quelques années et sa femme s'est remariée... Tu te souviens? Cette belle fille qui avait des joues dans lesquelles on avait envie de mordre?... Mais tu ne me dis rien de toi...

Elle ne lui en laissait pas le temps, d'ailleurs!

— René... Laisse-moi te demander quelque chose... Tu me promets de ne pas en vouloir à ta vieille tante Mathilde?

Il rougit un peu, fit, la bouche pleine, un signe d'assentiment.

— Ici, on a raconté... Enfin, ton oncle Henri a appris par quelqu'un que tu avais été en prison... Est-ce vrai?

— C'est vrai, dit-il en fixant le plancher.

— Qu'est-ce que tu avais fait?

— C'est trop difficile à raconter... Vous ne pourriez quand même pas comprendre...

Elle parla très bas :

— On aurait dit que ton pauvre père le prévoyait. A la fin, il s'était brouillé avec ton oncle Henri, parce que celui-ci prétendait qu'on t'avait mal élevé... Tu sais que ton oncle est remarié aussi?

C'était peut-être la chaleur? Peut-être aussi de Ritter se laissa-t-il aller exprès? En tout cas, il était ému et c'était visible à l'éclat de son regard.

— Tu ne veux pas me dire ce que tu as fait?

Avec moi, c'est comme si tu étais au confessionnal...

— Je ne sais plus... Laissez-moi...

Il se levait. Il ne pouvait pas remuer dans cette chambre trop petite, trop chaude et tout encombrée. Il remarqua que la lumière venait d'une petite ampoule électrique, alors qu'avant tante Mathilde se servait encore d'une lampe à pétrole au long pied de verre bleuâtre.

— Tu es revenu pour longtemps?

— Je ne sais pas...

— Qu'est-ce que ta mère a dit?

— Je ne suis pas allé chez elle. Elle ne sait pas que je suis ici...

— Tu es venu chez moi d'abord?

Il ne la détrompa pas. C'était inutile. Il ne savait plus la part de comédie et celle de sincérité qu'il y avait dans son attitude et l'idée qu'il fallait, coûte que coûte, demander de l'argent le hantait.

— On l'a opérée l'an dernier, disait Mathilde. J'allais tous les jours demander des nouvelles à la clinique, mais je ne voulais pas qu'elle le sache... Pourquoi a-t-elle accepté cette vieille demoiselle chez elle? Elle n'est même pas d'ici!... Il paraît que c'est une noble, qui a vécu longtemps dans un couvent...

Toutes ces images se bousculaient, en plus des images qu'il avait devant les yeux.

— Je te prépare une tasse de café?...

— Mais non!

— Tu n'aimes plus le café? Avant, tu disais

qu'il était meilleur ici que chez toi... Raconte-moi, maintenant, René... Tu n'es pas marié?

Il fit non de la tête. Elle hésita, pudique.

— Tu n'as pas de faux ménage, au moins?

Il haussa les épaules. Elle insista du regard.

— Mais non, tante!

— Où as-tu vécu le plus souvent?

— Partout, à Paris, à Marseille, à New York... six ans en Amérique du Sud, à Tahiti, en Australie...

— Tu avais un bon métier?

Comment lui dire qu'il n'avait pas de métier du tout?

— Je faisais tantôt ceci, tantôt cela...

— Et... ne me regarde pas... réponds-moi, seulement..., dans quel pays as-tu été condamné?

— A Panama.

— Et nous ne l'avons pas même pas su! Cela n'a pas été dans les journaux!

— Mais si! En trois lignes! « Deux ans pour escroquerie à M. René Chevalier, dit de Ritter, sans domicile fixe, qui... »

— Tu as vu tes portraits? fit-elle pour changer de conversation.

Elle enleva l'abat-jour de soie qui couvrait la lampe électrique, et les murs, tapissés de papier jaune à fleurs, furent un peu éclairés. Alors de Ritter put voir des portraits de lui dont il avait perdu le souvenir. Il y en avait un, en costume marin, à cinq ou six ans. Il tenait un cerceau à la main et regardait farouchement l'opérateur...

Plus loin, une photographie d'amateur représentait toute la famille à la campagne, avec tante Mathilde et une petite fille qui habitait la ferme où ils avaient déjeuné.

— Tu te souviens de la petite Rose? Sa mère était tuberculeuse et on l'avait mise à la campagne pour éviter la contagion.

Mathilde se rappelait les moindres détails.

— Voilà ton pauvre père, le jour où il a été décoré... C'est moi qui avais apporté le ruban... Cette fois-là, tu as trop mangé de fraises et tu as été malade...

Elle vivait encore à cette époque! Comme si le temps s'était arrêté à cette période de son existence.

— Marthe se souvient aussi... Elle a gardé un portrait de toi quand tu avais seize ans et un autre en soldat que je lui ai donné... Elle m'a avoué en rougissant que vous vous cachiez derrière la porte pour vous embrasser... Son père est bien vieux maintenant...

Pour lui, ces mots jeune et vieux ne signifiaient rien de précis. Il fallait compter. Car, quand il était gamin, il considérait déjà comme des vieillards ces gens dont on lui parlait encore et qui devaient donc avoir...

Il additionnait vingt et il obtenait pour tout le monde entre cinquante et soixante-quinze ans.

— Quand iras-tu voir ta mère?

— Je ne sais pas encore... Peut-être que je n'irai pas...

— Pourquoi?

— Je ne sais pas...

C'était vrai. Il ne se voyait pas entrer dans la maison de la rue de l'Ecole. Que dirait-il? Qu'est-ce que sa mère lui dirait? A quoi bon?

— A propos, tante Mathilde... Vous m'avez parlé tout à l'heure de l'oncle Henri, qui est veuf... Quand tante Louise est-elle morte?

C'était encore une sœur de sa mère.

— Il y a bien dix ans, maintenant... Ta cousine venait de se marier...

Mon Dieu! Encore des complications! Il s'y retrouvait avec peine!

— Ma cousine Yvonne?

— Oui, elle a épousé un ingénieur et elle est partie avec lui en Egypte...

— De quoi ma tante est-elle morte?

Tante Mathilde détourna un peu la tête.

— Depuis deux ou trois ans, elle n'était plus comme une autre... A la suite de la mort de son fils, elle s'était mise à boire...

— Elle est morte folle? demanda-t-il soudain tendu.

— A peu près...

Donc, comme l'autre tante, qui était, elle aussi, une sœur de sa mère! Il n'avait pas connu son grand-père. Il n'avait vu de lui qu'un mauvais portrait, sur lequel il avait l'air farouche. Mais n'avait-il pas compris, à mesure qu'il grandissait et qu'on parlait davantage devant lui, que son grand-père s'était suicidé?

— C'est une drôle de famille... constata-t-il à mi-voix.

— Toutes les familles ont leurs peines, répliqua Mathilde. Moi qui les vois vivre... ainsi, tiens, si je te disais...

— Non! cria-t-il.

— Qu'est-ce que tu as?

— Je n'ai rien... Il faut que je parte...

— Où dois-tu aller?

— Je ne sais pas... N'importe où...

Et il fallait encore et surtout lui demander de l'argent! C'était le plus pénible. Si elle ne l'avait pas reconnu, à son arrivée, il aurait été capable de la terroriser, de jouer au bandit, de l'obliger sous une menace quelconque à lui remettre tout ce qu'elle possédait.

Mais maintenant?

— Assieds-toi encore un peu... Il y a si longtemps que je pense à toi!... Te souviens-tu, quand nous allions à la campagne tous les dimanches et que tu ne voulais pas manger des œufs durs? Tu n'en faisais déjà qu'à ta guise...

On frappa quelques coups contre la cloison. Mathilde mit un doigt sur ses lèvres.

— Chut! C'est un aiguilleur... Il commence son travail à cinq heures du matin et il a besoin de toute sa tête... Encore un qui n'a pas de chance... Son fils était placé dans une banque qui a fait faillite le mois dernier...

Elle venait, d'une seule phrase, de lui rendre toute l'atmosphère de son enfance!

— *Encore un qui n'a pas de chance...*

Aussi loin qu'il remontait dans ses souvenirs, il revoyait sa mère avec l'une ou l'autre de ses tantes, ou une amie, ou une voisine. Elles buvaient du café, mangeaient des gâteaux et se lamentaient :

— *Tu sais que sa femme doit partir dans un sanatorium?...*

Ou bien :

— *Le docteur lui interdit de travailler... Qu'est-ce qu'ils vont faire avec trois enfants sur les bras!*

La famille y passait, puis la rue, le quartier... Des morts, des maladies, des catastrophes ou des petits malheurs.

— *Elle s'est mariée la semaine dernière et voilà que son mari se casse une jambe en descendant du tramway...*

Tout cela, pourtant, dans une atmosphère limpide... Il regardait les photographies accrochées au mur. Il voyait cette campagne ensoleillée, son père en chapeau de paille; sa mère en robe de soie mauve, une robe dont il se souvenait très bien. Elle portait une fleur à son corsage...

— Qu'est-ce que tu as? s'inquiéta Mathilde devant son mutisme soudain.

— Rien... Je ne sais pas...

— Veux-tu t'installer ici? Je vais te donner mon lit et j'irai dormir chez une voisine dont la fille vient de partir pour Paris...

— Non...

— Mais si! Tu me feras plaisir... Tu seras

mieux qu'à l'hôtel... Le matin, tu ne me verras même pas, car je pars toujours à huit heures au magasin... Si tu savais comme les patrons me considèrent maintenant!... L'an dernier, ils m'ont payé huit jours de vacances à la mer et cette année ils vont m'offrir un voyage à Lourdes...

Il se leva, à bout de nerfs.

— Ecoutez, tante...

Sa main tripotait l'émeraude dans sa poche. Il ne voulait pas demander de l'argent comme ça, pour rien. Et pourtant, il savait bien qu'elle le lui donnerait.

— Un camarade m'a confié quelque chose... Un objet de valeur...

Il mit l'émeraude sur la table et la vieille fille le regarda avec curiosité.

— C'est une émeraude véritable, à l'état brut. Elle vaut peut-être trente ou quarante mille francs. Mon ami ne sait où la mettre. Voulez-vous la lui garder?

— Chez moi? Et si on venait me la prendre?

— Vous savez bien qu'il n'y a pas de danger... Seulement, mon ami, qui a momentanément besoin d'argent, serait heureux d'avoir une petite avance dessus...

Il dut détourner la tête, car il était sur le point de pleurer.

— Mille francs, par exemple... Quelques centaines de francs...

Mathilde ne dit rien, évita de le regarder, se tourna vers sa machine à coudre qui était dans l'ombre. Il savait que le tiroir servait de coffre-fort. Elle y prit un vieux portefeuille enfermé dans une boîte à boutons.

— Tiens... Voilà mille francs, René... Tu les donneras à ton ami...

Puis elle poussa l'émeraude vers lui.

— Rends-lui ça aussi... Je ne vivrais pas si je savais que j'ai un objet de telle valeur à la maison...

— Je vous assure...

— Non! Reprends-la... Il me rendra mes mille francs quand il pourra... J'ai confiance...

— A propos... commença-t-il.

— Quoi?

— Quand je suis parti, je crois que je vous devais encore une petite somme. Vous souvenez-vous du chiffre?

— J'ai oublié... Tu es sûr que tu ne m'avais pas tout rendu?

— Non! Je devais avoir reçu cinq ou six cents francs... Je passerai demain ou après, car j'ai laissé mon argent à l'hôtel...

— Ne pense plus à cela... Tu ne veux vraiment pas dormir ici?

Pouvait-il lui dire que la seule idée de dormir dans ce lit de vieille fille l'écœurait? Il se souvenait d'y avoir vu, exactement à la même place, le corps de la mère de Mathilde, le nez pincé, les joues blêmes, le chapelet entre les mains jointes et un brin de buis dans un bénitier.

— Il est temps que je m'en aille... Bonsoir... Merci...

— Veux-tu me faire un plaisir?... Demain, va voir Marthe... Mais si! Cela ne tire pas à conséquence... Tu n'auras qu'à entrer au magasin... Tu feras semblant de rien... On verra si elle te reconnaîtra...

Sur le palier où elle le reconduisait, elle ajouta plus bas :

— Son père serait tellement content qu'elle se marie! Pense qu'il n'y a personne pour reprendre le commerce... Leur seul fils a été tué à la guerre...

Il embrassa distraitement la joue qui se tendait et il eut une bouffée des baisers de jadis, qu'il évitait autant qu'il pouvait.

— Au revoir... chuchota-t-elle, penchée sur la rampe. Reviens demain soir... Si tu vois ta mère, ne lui dis pas...

La porte resta ouverte jusqu'à ce qu'il fût en bas. Il traversa couloirs et cours, arriva dans la rue obscure.

« *Leur seul fils a été tué à la guerre...* »

Est-ce qu'il n'y avait vraiment, dans les familles, que des morts, des malades, des malheureux, des ivrognes et des fous?

Il sauta sur la plate-forme d'un tramway qui l'amena dans les rues mieux éclairées du centre. Quelques instants plus tard, il arrivait en face du café où il aperçut Léa, toujours à la même place, en compagnie d'un jeune homme.

Il poussa la porte tournante et, la canne sous le bras, s'approcha du couple.

— Tu m'as attendu longtemps? demanda-t-il, à Léa, sans regarder son compagnon.

Il savait ce que c'était. Il avait fait ça longtemps, lui aussi : des petits jeunes gens sans argent en poche, des étudiants qui essayent de se mettre dans les bonnes grâces des femmes entretenues.

— Je viens... dit-elle.

Le jeune homme se leva gauchement, s'inclina. Plus loin, d'autres étudiants jouaient aux échecs.

— Où allons-nous? questionna Léa une fois dans la rue. Tu as une drôle de tête.

— Mais non! Viens...

Et il l'entraîna vers la gare.

— Qu'est-ce qu'il te proposait?

— Rien de précis... Ces gamins-là n'osent pas...

— Qui est-ce qui a payé les consommations?

— C'est lui...

Il ricana. Ils arrivèrent au *Vénitien* et de Ritter s'installa exprès à côté des joueurs de belote dont le patron faisait partie.

— Deux demis! cria-t-il.

Et, à voix plus haute encore :

— Vous me ferez la monnaie de mille francs, garçon?

Ce fut encore mieux qu'il le pensait car, pour les gros billets, le patron devait se déranger et aller ouvrir un tiroir dont il avait la clef dans sa poche.

Léa était sidérée. De Ritter n'avait pas envie de s'attarder. Dans la rue, elle questionna encore :

— Tu as vendu l'émeraude?

Car elle avait fini par y croire, elle aussi!

— Regarde...

Il lui montra la pierre verte. Il avait mille francs en poche et il n'avait pas vendu l'émeraude.

— Qu'est-ce que tu as fait?

Elle le regardait avec admiration et il ne la détrompa pas. Il se contenta de grommeler :

— Eh! eh! sait-on jamais... N'empêche qu'il va être temps de te débrouiller avec notre ami Albert... Si tu le laisses encore mûrir, il sera pourri...

Elle lui avait pris le bras, comme toujours. Ils marchaient en silence. Après un quart d'heure, comme ils passaient le pont, elle remarqua :

— Comme tu es nerveux!... Qu'est-ce que tu as fait, René?... Rien de trop dangereux, au moins?

Au lieu de répondre, il haussa les épaules et ce fut elle qui frissonna, plus tard, en s'endormant.

IV

Léa allait pouvoir se taire! Depuis huit jours qu'elle répétait, avec son air crispant de ne pas vouloir insister :

« Tu ne crois pas que nous ferions mieux d'aller ailleurs? »

Puis des petites phrases en l'air :

« Je n'aime vraiment pas cette ville-ci... Si j'étais superstitieuse, je la quitterais tout de suite... »

Ou encore :

« A force de te ronger, tu finiras par faire des bêtises! »

Or, il venait, en quelques minutes, de gagner plus d'argent qu'elle en trois mois! C'était venu si bêtement qu'il y repensait tout en se dirigeant vers la ville.

A six heures, il était entré dans le bureau de l'hôtel pour y accrocher sa clef au tableau, ainsi qu'il le faisait chaque fois qu'il sortait. Dans cette pièce, la lumière était rougeâtre, à cause des tapis, des rideaux et de l'abat-jour. Sous la lampe, les deux aînés, une fille et un garçon, travaillaient à leurs devoirs, tandis que la petite tournait en rond autour de la table en poussant une voiture de poupée.

— Bonsoir!... avait-il lancé sans voir Mme Tihon.

Il franchissait le corridor quand elle déboucha par une autre porte, un mouchoir à la main, le nez rouge.

— Monsieur de Ritter... Vous voulez bien m'accorder une petite minute?...

— Volontiers...

Il entra avec elle dans le bureau, mais elle lui désigna les enfants, ouvrit une seconde porte.

— Venez par ici... Excusez-moi...

Une jeune servante repassait du linge dans la cuisine que Clémence Tihon traversa aussi en disant :

— Je vais vous montrer l'appareil de chauffage...

Derrière la buanderie, l'appareil de chauffage central était installé dans une pièce nue et soudain Mme Tihon prit les deux mains de Ritter, s'écria d'une voix où il n'y avait plus de respect humain :

— Il faut que vous me donniez un conseil... Il faut que vous m'aidiez... Vous qui avez tant voyagé, vous devez connaître la vie... Vous avez vu mes enfants... Si je vous disais qu'ils se doutent déjà de quelque chose...

Elle était sans coquetterie et ne se donnait même pas la peine de s'essuyer les yeux.

— Il est fou de cette femme... Cet après-midi encore, je suis sûre qu'il est allé la rejoindre. C'est à peine s'il s'en cache. Il est comme inconscient. Après le déjeuner, il est monté et il a fait sa toilette en chantant comme un collégien... Il a acheté de l'eau de Cologne et il s'est mis à se raser tous les jours.

Ce qui était envoûtant, c'était le cadre : cette sorte de cave crûment éclairée, l'appareil de chauffage à côté d'eux, le bruit régulier du fer à repasser de la servante qui leur parvenait...

Là-dedans, de Ritter en pardessus cintré, le chapeau sur la tête, la canne à la main.

C'était exact qu'Albert était allé rejoindre Léa, il le savait mieux que quiconque. Leur première sortie avait eu lieu la veille. Ils s'étaient retrouvés en face de la poste et ils s'étaient rendus au cinéma, après quoi ils avaient pénétré dans un petit hôtel connu de tous les couples irréguliers de la ville. Ils y retournaient aujourd'hui, et justement de Ritter allait attendre Léa à la sortie.

— Vous ne connaissez pas Albert, gémissait sa femme. On en fait ce qu'on veut. Il est encore comme un enfant. Quand il est pincé, il est capable de tout... Une fois, il est parti pour Paris avec une chanteuse de passage et c'est mon père qui a dû aller le chercher... Pourtant, nous venions d'avoir notre premier bébé...

En écoutant ces doléances, de Ritter faisait exprès de penser au gamin avec qui, dans la cour, il passait des après-midi d'août, à jouer au billard en prenant des airs de grand.

— Quel genre de femme croyez-vous que ce soit, vous? Elle en veut à son argent, n'est-ce pas? Comme je connais Albert, elle aura tout ce qu'elle voudra. C'est pour ça que je voudrais vous demander conseil...

C'est alors qu'une idée lui était passée par la tête.

— Je pourrais peut-être lui parler, fit-il. C'est une aventurière, évidemment, et je crains qu'elle soit gourmande...

— Que voulez-vous dire?

— Qu'étant en mesure de soutirer de l'argent à votre mari, elle en réclamera pour le quitter...

— Et si je lui en donnais?...

— Vous avez de l'argent à vous?

— J'en demanderai à mon père... Il est assez riche... C'est à lui la brasserie des Moulins...

C'en devenait hallucinant.

Il ne put s'empêcher de s'exclamer :

— Alors, vous avez un frère.

— Fernand, oui. Il est mort d'une bronchite qu'il n'a pas voulu soigner...

Encore un mort! De Ritter avait été à l'école avec Fernand aussi, le fils du brasseur, et il ignorait qu'il avait une sœur, pour la bonne raison qu'elle avait quatre ou cinq ans de moins, c'est-à-dire qu'elle n'était qu'une toute petite fille!

— Il faudrait que je puisse lui proposer au moins dix mille francs.

— Je les aurai demain... Si elle consent à partir...

Et elle reniflait en traversant à nouveau les pièces, la cuisine, le bureau où les enfants se demandaient ce que leur mère était allée faire dans la chaufferie, avec le locataire.

Dix mille francs! Le tour était joué! Tout en marchant dans les rues, il se disait qu'il aurait aussi bien pu en demander vingt mille! Pendant ce temps-là, ce nigaud d'Albert était dans une chambre avec Léa!

Etait-il seulement heureux? C'était la question à laquelle de Ritter en revenait toujours, et alors son visage prenait une expression sournoise. Quand il voyait Albert, le matin, dans le couloir de son hôtel, sifflotant en attendant d'apercevoir Léa, il l'enviait!

C'était un gros naïf, soit! Mais il avait une vie douce, régulière, dans son coin. Il jouait toujours au billard et il était le plus fort du quartier. Tout le monde le saluait. Il avait trois enfants...

Il devait être heureux! Il est vrai qu'Albert pensait peut-être la même chose en regardant passer de Ritter?

Non! L'hôtelier ne s'inquiétait pas de ces problèmes-là et c'est pourquoi il était heureux...

Encore un, là-bas!... En traversant la place des Métiers, de Ritter apercevait une boucherie éclairée, les tables propres, les quartiers de bœufs suspendus et, bras croisés, un énorme garçon de quarante ans, au poil dru, aux moustaches courtes.

Il s'appelait Godard. Ils avaient joué ensemble. On se moquait de Godard, parce qu'il était fils de boucher...

De Ritter marchait toujours. Il venait de gagner dix mille francs. Et après? Léa allait en profiter pour lui dire :

« C'est l'occasion de nous en aller?... »

Mais il ne se sentait nulle envie de partir. Cela lui était venu comme une fatigue. Il était assez « parti » de fois dans sa vie. Il n'avait fait que partir. Maintenant, tout en enrageant, il éprouvait le besoin d'errer dans ces rues, de reconnaître des murs, des silhouettes, des enseignes sur des boutiques et même d'entendre dire :

— *Il est mort d'une bronchite...*

Que de déchets! Et des divorces! Et des remariages! Et des gens qui avaient changé de métier, sans raison.

Quelques autres, par contre, comme pour l'exemple, avaient suivi exactement la ligne qu'ils devaient suivre : Albert dans son hôtel, Godard dans sa boucherie...

Mais Albert avait déjà fui une fois à Paris avec une chanteuse et Godard battait peut-être sa femme?

Et sa mère à lui, flanquée de la vieille demoiselle noble! Il voyait de la lumière à travers la vitre surmontant la porte. Il les devinait toutes les deux dans la salle à manger.

Est-ce que la tante Mathilde, malgré sa brouille, n'était pas venue révéler sa présence? Il n'était plus retourné chez elle. Ce n'était pas délicat, certes. Elle l'attendait. Elle devait se demander ce qui lui était arrivé.

Mais c'était plus fort que lui. Il n'avait pas eu besoin d'argent. Les mille francs avaient suffi pour les huit jours et il n'avait pu se résoudre à pénétrer à nouveau dans la chambre aux odeurs fades.

Léa avait dit sept heures... Il était six heures et demie et il les devinait tous les deux faisant leur toilette... Il arriva au coin de la rue... Il était de mauvaise humeur, sans raison, en dépit des dix mille francs...

Dix mille francs d'un seul coup, sans effort, uniquement parce qu'il était plus intelligent que les autres, en somme! Et pourtant, à quarante-deux ans, il n'avait pas un sou!

Adossé à une vitrine, il regardait passer les gens avec un sourire méprisant. C'était la sortie des bureaux, la fermeture des magasins, et ces êtres qui gravitaient tous dans un même sens faisaient penser à un troupeau de moutons.

Voilà la vérité : il n'avait jamais voulu être un mouton! Il se jugeait comme l'égal de quiconque...

Ou plutôt... Un sale petit souvenir lui remonta à l'esprit, car il regardait dans la rue principale et il venait d'apercevoir l'étalage d'une ganterie. C'était là que cela s'était passé. Il était une heure du matin. Il était soldat. Il avait dix-huit ans et un visage poupin. Il était sorti avec son sergent, un rengagé d'une trentaine d'années, et ils avaient bu dans tous les petits cafés. C'était quelque chose, pour un bleu, de payer à boire et de se saouler avec son sergent!

Ils suivaient le trottoir et devant eux marchaient un homme et une femme. L'homme portait un chapeau melon, la femme un chapeau mauve orné d'une marguerite.

Alors, sans savoir pourquoi, ils s'étaient mis à rire, le sergent et lui. De Ritter avait fredonné :

— ... *Marguerite, donne-moi ton cœur...*

Puis autres blagues aussi ridicules.

Juste en face de la ganterie, l'homme s'était retourné. Il paraissait quelconque, plutôt étriqué, alors que le sous-officier était une brute énorme.

Cette scène devait marquer une date dans la vie de René de Ritter. L'homme, en deux pas, s'était approché du sergent et, simplement, avec une aisance de rêve, il lui avait décoché un coup de poing à la mâchoire. Puis, tandis que l'autre vacillait, il s'était tourné vers le jeune soldat, l'avait jugé d'un coup d'œil, s'était contenté de lui pincer l'oreille en grondant :

— Petit voyou!...

Une secousse, rien d'autre! Après quoi, posément, il avait offert son bras à sa femme et ils avaient poursuivi leur route sans presser le pas, tandis que le sergent grommelait des injures.

De Ritter avait vécu des tas d'aventures. Celle-là, plus que les autres, était comme gravée dans sa chair, dans son esprit. Son oreille rougissait rien que d'y penser. Il n'avait jamais revu l'homme. Il ne savait pas qui c'était. Mais, quand il était seul, il imaginait qu'il marchait, lui aussi, vers deux adversaires, sans un tressaillement et qu'il leur donnait une correction aussi digne.

Seulement, il n'avait jamais pu !

Il vit Albert sortir le premier de l'hôtel en baissant la tête. C'était une tradition. Les couples sortaient toujours séparément de cet hôtel dont toute la ville connaissait la destination. Et Albert, affolé de son retard, sautait dans un tramway, se redressait enfin.

De Ritter marcha jusqu'à la porte et aperçut Léa qui touchait son pourcentage sur le prix de la chambre. L'instant d'après, elle s'accrochait à son bras.

— J'ai gagné dix mille francs, annonça-t-il. Et toi ?

— Il m'a donné une bague qui appartenait soi-disant à sa mère. Mais je ne serais pas étonnée qu'elle soit à sa femme...

— Je suis chargé par elle de t'offrir dix mille francs si tu consens à t'éloigner...

— Alors, nous partons ?

— Non.

— Mais moi ?

— Tu changeras simplement de quartier... La ville est assez grande...

— Je ne te comprends plus...

— Tu n'as jamais rien compris!

— Merci! Qu'est-ce que nous faisons?

— On va manger un morceau ensemble, puis j'irai retrouver mes amis...

Depuis trois jours, en effet, il fréquentait un nouveau milieu. L'idée lui en était venue un après-midi tandis que, dans un café, comme toujours, il lisait le journal local, *Le Moniteur,* qu'on recevait déjà chez ses parents. On y parlait d'une révolution qui venait d'éclater en Equateur et le commentaire de la dépêche Havas montrait que les rédacteurs du *Moniteur* n'avaient pas des idées très nettes sur l'Amérique du Sud.

Une heure plus tard, il était dans l'antichambre de la rédaction.

— Annoncez Hughes de Ritter...

Pourquoi il changeait de prénom? Pour rien! Parce qu'il lui semblait tout à coup que Hughes ferait mieux pour une signature de journal.

Il fut reçu par un petit rédacteur en chef qui avait l'air de son propre garçon de bureau et qui corrigeait des épreuves. Après cinq minutes, cet homme était étourdi. De Ritter lui avait parlé, comme d'amis personnels, de deux ou trois ministres, d'ambassadeurs, de directeurs de grands quotidiens de Paris.

— Quand j'étais secrétaire de rédaction à *La Petite Gironde...*

— Vous avez connu mon ami Machère?

— Jules? Si je l'ai connu! En avons-nous fait des banquets ensemble!...

Quand il sortit, de Ritter avait promis au journal trois articles à paraître sous le titre général « *Un Français dans la République de l'Equateur.* »

Il en écrivit deux le jour même, le troisième le lendemain matin. Le soir, il faisait la connaissance des petits jeunes gens de la rédaction et les invitait à boire un demi à la brasserie d'en face.

— J'étais très lié avec le président de l'Equateur et je me souviens qu'il me disait :

« — Mon petit Hughes, vous devriez vous laisser nommer général... »

— Pourquoi ne veux-tu pas partir?

— Encore? riposta-t-il en levant les yeux de son assiette.

Ils étaient dans le petit restaurant où ils avaient pris l'habitude de dîner. Là aussi, ils avaient leur table, près de la fenêtre. De Ritter avait horreur de s'asseoir à une place quelconque, au milieu de la foule.

— Veux-tu que je te dise quelque chose, René?

— Je n'y tiens pas spécialement.

— Je le dirai quand même. La vérité, c'est que tu ne sais pas ce que tu veux!

— C'est malin! On pourrait prétendre la même chose pour tout le genre humain...

— Non! Je me comprends... Tu sais ce que tu

veux : tu l'obtiens. Et alors, tu veux tout de suite autre chose...

— Quelle psychologie! ironisa-t-il en redemandant du pain.

— Je sais que je m'exprime mal. C'est plus compliqué que ça. Prenons un exemple : tu vas toucher dix mille francs; avec ça, nous pourrions aller tenter notre chance quelque part sur la Côte d'Azur, par exemple. Si j'étais un peu nippée, je te prie de croire que tes dix mille francs feraient des petits. Eh bien, non! Tu éprouves aussitôt le besoin de faire une bêtise...

— Quelle bêtise?

— De rester! Tu le sais aussi bien que moi! Es-tu seulement allé voir ta mère?

— Tu me poses tous les jours la même question!

— Et pourtant tu iras! Tu ne pourras pas t'en empêcher! Tu lui feras probablement beaucoup plus de peine qu'elle n'en a jamais eu...

— Et ensuite?

— Ensuite, tu seras à nouveau malheureux, prêt à tout...

— Tu te crois intelligente?

— Non. Mais je commence à te connaître... Quelquefois, je me demande si tu n'es pas plus bourgeois qu'eux...

— Que qui?

— Qu'Albert, par exemple!... Que tous tes anciens amis dont tu parles...

— Fais-moi le plaisir de la fermer, veux-tu?

Bien sûr, qu'elle devinait certaines choses! Mais n'était-ce pas son métier de voir les hommes au moment où ils ne pensent pas à bluffer?

— C'est comme cette idée de redevenir journaliste...

— Tu t'y connais?

— Tes articles sont sans doute très bien. N'empêche que c'est dangereux pour toi...

— Imbécile!

Encore une vieille histoire qui lui revenait et qui lui faisait presque détester Léa car elle avait raison. Il y avait dix ans de cela. Il était à Monte-Carlo. A force de culot, il était parvenu à se faire nommer sous-chef de la réception dans un grand hôtel.

Il portait la jaquette, la perle à la cravate... Tout allait bien... Il régnait sur un petit monde de domestiques...

Parmi la clientèle, il y avait une Anglaise un peu folle, d'une quarantaine d'années. On disait qu'elle était vaguement apparentée avec la Cour d'Angleterre. Son mari était un capitaine qui passait ses journées à jouer au golf et au polo.

Eh bien! il avait éprouvé le besoin d'entrer dans l'intimité de cette femme. Il lui avait raconté qu'il était d'une noble famille belge et qu'à la suite d'intrigues de cour il avait été exilé. Il avait donné des détails, cité des noms. Il ne se passait rien entre eux, mais la dame le faisait monter dans son appartement et avait avec lui des conversations de deux heures.

... Jusqu'au matin où la direction le fit appeler :

— Vous avez vingt-quatre heures pour quitter la Principauté de Monaco...

Ceci dit d'un ton méprisant. Sans explications!

— Vous pouvez passer dès maintenant à la caisse pour vous faire régler...

— Merci! Je n'ai pas besoin de cet argent...

Et pourtant, il n'était pas fou! Ah! s'il avait pu lancer au directeur un direct à la mâchoire comme...

— Tu vas accepter les dix mille francs, René?

— Non seulement je les accepterai, mais j'en réclamerai sans doute vingt mille. Tu feras semblant de partir pour dix mille. Tu resteras dans la ville. Je laisserai entendre qu'Albert te rencontre toujours. Le reste me regarde...

— Tu as de drôle de combines...

— Qu'est-ce qu'elles ont de drôle?

— Je ne sais pas. Je dirai comme Fredo : tu fais penser à un amateur. Tu cherches des choses compliquées. Quelquefois, je me demande si je nc ferais pas mieux de m'en aller toute seule. Je suis sûre qu'à Clermont ils me reprendraient...

— Charmante existence!

— On est tranquille... Ecoute! Il y a une question qui m'intrigue et à laquelle tu n'as jamais répondu... Pourquoi, pendant tant d'années, n'as-tu jamais écrit à tes parents?... Tu ne les aimes pas?... Ils t'ont fait quelque chose?

Il éprouva le besoin d'être théâtral.

— Ils m'ont fait, en effet!

— Ne dis pas de bêtises. Moi, j'envoie chaque mois quatre cents francs à ma mère et je lui donne de mes nouvelles...

— Elle est ravie?

— Elle préférerait peut-être que je fasse un autre métier, mais enfin! Ma sœur, qui est mariée à un contremaître de Lille, ne lui passe rien, elle! Au contraire! Chaque fois qu'elle va la voir, c'est pour prendre un meuble ou un objet...

— Qu'est-ce que je te disais!

— Qu'est-ce que tu me disais?

— Rien! Mais c'est exactement cela!

— C'est exactement quoi? Je ne comprends pas...

— C'est la vie!...

— Et c'est pour cela que tu n'as jamais écrit chez toi?

— Pour ça et pour le reste! Tu as vu le quartier?

— Il est propre, avec des maisons neuves...

— Il est répugnant!

— C'est toi qui vois tout sous un mauvais jour. Tu n'as jamais été malade?

— Jamais! Ça viendra sans doute...

Il pensait à sa tante qu'on avait emmenée, hurlante, tandis que l'oncle pleurait dans le corridor... Puis à l'autre tante qui s'était mise à boire... Puis...

Il rit, d'un rire saccadé, qui n'en finissait plus et, comme des gens se retournaient, Léa tenta de le faire taire.

— Tiens-toi tranquille! Qu'est-ce que tu as encore?

— Je pense à un oncle.

— Ce n'est pas une raison.

— Parce que tu ne sais pas... Ecoute!... Si! cela vaut la peine!... On ne m'avait jamais parlé de cet oncle-là... Il faut te dire que ma mère avait neuf frères et sœurs... Un dimanche, on revenait de la promenade en ville... Tu ne connais pas ça?... Je tenais la main de mon père. Ma mère lui tenait le bras... On marchait pendant deux heures et on discutait (sauf moi!) pour savoir si on irait *quelque part,* c'est-à-dire si on entrerait dans un café ou dans un music-hall... A la fin, à force de buter dans la poussière des boulevards, on tombait de fatigue et de soif...

« — C'est bête de jeter de l'argent pour de la mauvaise bière, disait ma mère. On va plutôt acheter une paire de gants...

« Et voilà qu'en approchant de la maison, cette fois-là, on aperçoit un ivrogne entre deux âges qui pissait au bord du trottoir avec autant d'innocence qu'un enfant.

« Mes parents m'entraînent... Je les entends discuter... Et je finis par deviner qu'il s'agit d'un de mes oncles, une épave, que personne ne voulait plus voir...

« Voilà pourquoi je ris, puisque tu veux le savoir. »

Léa repoussa son assiette.

— Tu trouves que c'est comique? Donne-moi une cigarette, tiens!

— Ce n'est pas comique? insista-t-il.

— Il y a des cas de ce genre dans toutes les familles. Si on devait se frapper... Tu as du feu?

Ils se turent. On leur apporta l'addition. La serveuse avait un bec-de-lièvre.

— Vous avez encore vos parents? lui demanda de Ritter.

— Ma mère, oui.

— Et votre père est mort de la syphilis?

Léa le pinça violemment. Il haussa les épaules pendant que la fille s'éloignait, rouge de honte et de rage.

— Tu deviens fou? s'écria Léa, une fois dans la rue. Tu cherches un scandale.

— C'est toi qui ne comprends rien... Va te coucher, va! Demain, nous toucherons les dix billets... Quand je pense que pendant toute mon enfance j'ai bu cette bière du Moulin qui va nous rapporter enfin de l'argent...

— Tu ne rentreras pas trop tard?

— Je n'en sais rien.

— Promets-moi au moins de ne pas boire...

— Promis! Va, imbécile! Va, mouton!

Et il se dirigea vers la brasserie du *Cygne* où il avait rendez-vous avec ses amis les journalistes.

La brasserie existait déjà de son temps, en moins moderne, mais il n'y avait pas accès. C'était presque un endroit privé, en ce sens qu'on n'y rencontrait que des journalistes, des étudiants et de jeunes peintres, ceux-ci avec des sombreros et des cravates La Vallière.

Maintes fois, en passant dans la rue, il les avait regardés avec envie. Un jour même il était entré, mais il n'avait pu que s'asseoir à l'écart, gamin de seize ans qu'il était, et boire son bock, aussi lentement que possible.

Maintenant, il pénétrait la tête haute dans la salle silencieuse, frappait le sol de sa canne à pomme d'or, tendait la main.

Et c'était eux, les jeunes artistes, les jeunes poètes, qui se levaient pour l'accueillir et lui présenter leurs camarades.

— M. Hughes de Ritter, un confrère qui a accepté d'écrire pour *Le Moniteur* des articles sur la République de l'Equateur... Il y a vingt ans qu'il voyage dans le monde entier...

— Vous en avez de la chance!

Ils disaient tous la même chose, tous avec le même regard émerveillé. Voyager dans le monde entier! Ecrire des articles sur l'Equateur! Et parler de son président comme d'un vieux camarade!

— Vous devez trouver notre petite ville bien morne?...

Il présidait, la canne entre les genoux, le chapeau renversé en arrière.

— Qu'est-ce que vous buvez?

— Whisky! laissa-t-il tomber.

Et pour ces jeunes gens ce fut encore une

révélation. Il fallait donc boire du whisky? Ils en commandèrent. Le garçon s'affola. Le patron vint montrer une bouteille en demandant si c'était bien cela qu'on voulait et apporta des petits verres.

De Ritter lui expliqua qu'il fallait des grands verres et du soda, indiqua la dose.

— Excellent pour la vessie, déclara-t-il. Dans les colonies...

— Vous avez vécu longtemps aux colonies?

— Des années... Tenez! Quand j'ai rencontré le vice-roi des Indes...

Il tressaillit, continua quand même sa phrase. Mais il regardait vers un coin du café où une femme blonde et grassouillette venait de s'asseoir timidement.

— Je vais vous montrer un caillou que j'ai rapporté de là-bas...

L'émeraude! La fameuse émeraude brute! Il la laissa tomber sur le marbre de la table tandis que la femme, dans le coin, lui faisait des signes de tête négatifs.

C'était Léa. Il haussa les épaules. Comme s'il allait essayer de vendre l'émeraude à ces gamins qui, pour la plupart, avaient l'âge qu'il avait lui-même quand il était parti!

— Qu'est-ce que c'est?

— Devinez.

— Une pierre sacrée? Un talisman?

— C'est tout bonnement une émeraude à l'état brut. Telle quelle, elle vaut trente ou quarante mille francs, peut-être davantage. Cela dépend du nombre de carats qu'elle perdra à la taille...

Ils n'osaient plus toucher à la pierre et, quand elle roula par terre, ils furent tous à quatre pattes pour se mettre à sa recherche.

Léa, dans son coin, haussait les épaules.

« Comme c'est malin ! » semblait-elle dire.

Alors il se leva, dit à ses petits amis :

— Vous permettez un instant?

Il marcha vers elle, une main dans la poche de son pardessus.

— File, tu entends? grommela-t-il à voix basse.

— Ça va ! Ne fais pas de scandale...

— File, te dis-je !

Elle appela le garçon, paya son verre et sortit tandis que de Ritter revenait vers ses compagnons. Ils étaient étonnés de la scène qui s'était déroulée. De Ritter sortit la main de sa poche en murmurant :

— Je n'ai pas eu à m'en servir...

Tout comme si sa main eût tenu un revolver !

— Qui était-ce? questionna naïvement le plus jeune.

— Son nom doit rester secret... Il y a des semaines qu'elle me suit... Je sais au service de quelle puissance elle est...

Ils se turent, sidérés. Et lui :

— Vous m'excuserez de ne pas vous en dire davantage. Certains secrets ne nous appartiennent pas...

Ils restèrent encore une heure à boire et à

parler. Ou plutôt c'était de Ritter qui parlait, qui leur racontait des histoires de tous les pays du monde, de tous les personnages connus de l'univers.

A minuit, alors que le garçon et le patron regardaient l'horloge, il se leva, insista pour payer toutes les consommations et se dirigea vers la porte.

— Non... laissez-moi partir seul... leur dit-il. Il y a des risques qu'on n'a pas le droit de faire courir aux autres...

Sa main était à nouveau dans la poche droite du pardessus, ayant l'air d'étreindre la crosse d'une arme.

La poitrine serrée, les jeunes gens écoutèrent ses pas qui résonnaient dans le vide de la ville endormie.

V

Il valait mieux s'en tenir au présent immédiat, oublier surtout la première visite.

Cette fois-là, de Ritter avait choisi une heure matinale et ensoleillée. La rue grouillait de lumière et de son. Le tram, comme ivre, ne cessait de faire tinter sa sonnette et une grosse fille hissée sur une échelle montrait ses cuisses en s'étirant pour essuyer une vitre à la peau de chamois.

Dehors, sur des tables spéciales, polies par les années, étaient exposées les chaussures de travail et de chasse, de gros souliers en cuir brut, à trente-huit et quarante-deux francs puis, dans une boîte, des pantoufles de feutre noir, d'autres, pour dames, en drap bleu ou rouge.

De Ritter poussa la porte vitrée, déclenchant un timbre grêle, mit quelques secondes à s'habituer au clair-obscur du magasin où il devinait derrière le comptoir, une silhouette féminine. Il remarqua qu'elle était plus grande et plus forte qu'il ne s'y attendait.

C'était Marthe, bien sûr, Marthe qui le regardait entrer en portant une main à sa poitrine, Marthe qui esquissait une drôle de grimace et qui criait enfin :

— René!...

Alors, soudain, faisant volte-face, elle disparaissait par la porte du fond, grimpait en courant l'escalier raide conduisant à l'étage.

De Ritter eut tout le temps d'examiner les boîtes en carton superposées jusqu'au plafond, de renifler la morne odeur du cuir neuf, d'aller jusqu'à la seconde porte, celle qui s'ouvrait sur l'atelier. Il n'y avait plus là qu'un vieil ouvrier bossu dont il se souvenait mais qui ne le reconnut pas.

— M. Soubirot n'est pas ici? questionna de Ritter.

— Il se promène sûrement sur le trottoir... Il rentrera d'un moment à l'autre.

Il ne restait qu'à attendre dans le magasin où il se promenait en frappant les dalles grises du bout de sa canne. Au-dessus de sa tête, il avait surpris des pas, le gémissement d'un sommier...

Le vieux rentra, par bonheur, la casquette claire sur la tête, comme toujours — une casquette qu'il ne quittait pas dans la maison, ni à table — les pieds chaussés de souliers à élastiques.

— Qu'est-ce que c'est? demanda-t-il sans examiner son interlocuteur. Ma fille n'est pas ici?

Il sentait le genièvre. Il y avait trente ans, peut-être plus, qu'il sentait le genièvre, trente ans qu'il se cachait, qu'il niait, qu'il allait boire furtivement dans des caboulots invraisemblables.

— Vous ne me reconnaissez pas, papa Soubirot?

L'autre mit ses lunettes, hocha la tête.

— René!... Le fils Chevalier...

— Ah! oui. Et comment cela va-t-il? Asseyez-vous. Assieds-toi, René. Je vais prévenir Marthe...

— Elle m'a vu...

Mais le père Soubirot n'entendait pas, il criait dans la cage de l'escalier :

— Marthe!... C'est René... Tu sais, le petit Chevalier!...

Et, navré :

— Je voudrais vous offrir quelque chose mais, tout comme du temps de ma femme, nous n'avons rien à boire à la maison... Un principe!... Un principe de ma femme... Qu'est-ce que Marthe peut bien faire?

Elle descendit enfin, resta un bon moment, hésitante, sur le seuil, les yeux rouges, le mouchoir à la main.

— Bonjour, Marthe...

Et elle, d'une voix dramatique :

— Bonjour, René... Excusez-moi... J'ai été ridicule...

— Mais non!...

— Je ne m'attendais pas...

Elle s'y attendait puisque tante Mathilde le lui avait dit!

— Entrez dans la salle à manger... Mais si... Venez aussi, papa...

— Il vaut mieux que je garde le magasin...

Ainsi jusqu'au bout! Sans lui faire grâce du moindre poncif? Elle soupirait, elle se détournait, elle essuyait une larme furtive, feignait d'essayer de sourire.

— Je suis sotte, pardonne-moi... L'émotion... Mais est-ce que je ne viens pas de te dire tu?

— On se tutoyait avant?

— Oui, mais... Vous... Tu prendras bien une tasse de café?... Tu vois, j'ai fait un effort... Tu n'as pas changé, toi, René!

Quand elle le regardait, c'était plus terrible encore, d'autant plus qu'il ne s'était pas trompé : elle louchait! Et elle avait au moins trente-huit ans! Elle était mal habillée, sans goût, sans féminité.

Alors, toutes ces minauderies...

— Tu es allé voir ta mère?

— Pas encore.

— Quand iras-tu?... Tu sais que je lis tous tes articles dans *Le Moniteur*? Je les relis plusieurs fois. C'est magnifique, la vie que tu as menée!

Et crac, cette idée-là la faisait pleurer à nouveau!

Il ne resta pas longtemps. Il prétexta un rendez-vous avec un personnage important. Elle vint le reconduire sur le seuil, où elle se tint jusqu'à ce qu'il eût tourné le coin de la rue.

Le soir, il dit à Léa, avec un rire méchant :

— Il m'est venu une idée, aujourd'hui. Je crois que je vais finir par me marier.

Il fut surpris de la voir se tourner vers lui d'un mouvement brusque et laisser échapper un geste de crainte.

— Te marier? répéta-t-elle en se dominant. Avec qui?

— Avec un magasin de chaussures...

Léa n'habitait plus l'hôtel. De Ritter non plus. Ils avaient empoché les dix mille francs. Léa avait été obligée de prendre un billet pour Paris et de descendre à la gare la plus proche, car Albert était là, farouche, jurant d'aller la voir chaque semaine.

Non loin de l'université, dans une rue calme, on louait, dans presque toutes les maisons, des chambres aux étudiants. Il y en avait de pauvres et de plus confortables. Dans la plupart, on prévenait les locataires qu'il leur était interdit de recevoir des femmes chez eux.

Mais la maison d'angle, la plus luxueuse, aux larges fenêtres vénitiennes, aux rideaux de soie rose, était réservée aux jeunes étrangers riches qui voulaient mener joyeuse vie.

Les braves gens du quartier se détournaient de la tenancière qui passait ses journées en pantoufles et en peignoir bleu pâle et qui était, au surplus, une ancienne femme entretenue.

C'est là que de Ritter s'installa avec Léa. Il prit le plus bel appartement, celui du coin, au rez-de-chaussée : trois fenêtres sur la rue, une salle de bains et un petit salon dont le divan disparaissait sous les coussins.

Aussitôt l'appartement sentit l'eau de Cologne et les parfums de Léa. De Ritter apporta des cigarettes égyptiennes, des bouteilles de vermouth et de whisky.

Le plus amusant était de recevoir un des petits journalistes que troublait aussitôt cette atmosphère de garçonnière et qui rougissait quand, par l'entrebâillement de la porte, il apercevait seulement le bout de peignoir de Léa, ou qu'il l'entendait chanter en prenant son bain.

— Avoue que tu ne sais pas où tu veux en arriver!

Il venait peut-être de le lui dire, en plaisantant : à épouser un magasin de chaussures. C'était une boutade. N'empêche que, le lendemain, il retourna à la même heure chez Marthe, puis le surlendemain.

Cela ne prouvait rien. De Ritter avait besoin, de la sorte, de répéter les mêmes gestes aux mêmes heures, de couper les journées par des étapes régulières, de se réfugier dans des asiles familiers, comme le restaurant où il n'aurait pas déjeuné à une autre table que la sienne ou le Café Vénitien où il finissait ses journées, le kiosque déterminé où il achetait le journal.

En huit jours, au café à musique, Léa n'avait réussi que deux conquêtes, en dépit de sa placidité qui lui permettait de rester des heures à une table sans avoir l'air de s'ennuyer.

De Ritter entrait dans le magasin de la rue Saint-Gilles. Il préférait le magasin à la salle à manger. Marthe, qui portait toujours une jupe noire, changeait chaque matin de corsage et elle en acheta un de soie verte, mais d'une soie qui brillait comme du métal.

— J'ai cru que tu ne viendrais pas... Il pleuvait et...

Malgré la pluie, il avait sa canne. Il s'appuyait au comptoir, commençait à raconter des histoires tandis qu'elle ne cessait de le couver des yeux.

— Au cours de tes voyages, tu n'as jamais eu envie de te marier?

— Je me suis marié avec une Indienne, à la mode de son pays, et il y a bien des chances que j'aie un enfant là-bas, un peu café au lait, sans doute...

Elle avait déjà les larmes aux yeux. Et pourtant elle n'était pas sotte. Quand elle avait l'audace de dire quelque chose de personnel, elle révélait un tranquille bon sens, voire une ironie malicieuse pour tout ce qui ne touchait pas à René.

— Et toi, tu n'as pas envie de te marier?

— Tu connais les garçons d'ici, répondit-elle. J'ai préféré rester vieille fille...

Elle se savait laide. Elle n'essayait pas de s'embellir. Cependant elle perdait presque toute sa laideur quand, soudain, elle devenait enjouée, et cela lui arrivait de plus en plus souvent.

— Tu comptes rester longtemps ici?

— Je ne sais pas... Peut-être toujours...

— On m'a dit...

Elle baissa les yeux, redressa presque aussitôt la tête.

— Et après? Il n'y a pas de mal à ça. On m'a dit que tu vivais avec une femme. C'est vrai?

— Une vieille copine, oui, que je traîne derrière moi depuis quelques mois. Une sorte de brave chien. Que je lui dise « pars » et elle partira...

Il savait qu'il pouvait dire n'importe quoi, esquisser n'importe quel geste : il serait toujours admiré. Une admiration totale, sans restriction.

— Laisse-moi revenir sur un sujet que tu n'aimes pas, René... Je t'assure que tu devrais voir ta mère... Elle est encore venue il y a deux mois acheter des pantoufles avec sa locataire... Elle ne fait que parler de toi...

Et tante Mathilde lui répétait le même refrain. Il était allé la voir la veille. Il avait un air important. Il était pressé, parlait d'un rendez-vous urgent.

— Excusez-moi, tante... On m'attend au *Moniteur*... Vous avez vu mes articles? On m'en demande une nouvelle série... Dix fois j'ai voulu venir pour régler nos petits comptes et j'en ai été empêché...

Il restait neuf billets de mille francs et des petites coupures dans son portefeuille. Il maniait tout cela avec négligence.

— C'est bien mille, n'est-ce pas, que vous m'avez prêté pour mon ami?

Il s'offrait la petite comédie supplémentaire.

— Je peux vous avouer maintenant que c'était pour moi. L'émeraude est à moi aussi. Quand je suis arrivé, je n'avais plus un sou en poche, mais j'attendais un gros mandat de mes associés. Vous ne m'en voulez pas?

Elle était plus inquiète que joyeuse, la vieille tante!

— Tu n'as vraiment pas le temps de manger une tranche de jambon avec moi?

Non! Et surtout pas de jambon! Encore une chose dont il ne voulait pas entendre parler! Ce fameux jambon que, dans toute sa famille, on courait chercher chez le charcutier dès qu'un visiteur se présentait à l'improviste! Jambon, saucisson et fromage...

— Tu n'es pas encore allé voir ta mère?

— J'irai demain...

Il y alla. D'abord, il tint à acheter un cadeau. Il se souvint que sa mère, jadis, avait envie d'un bracelet-montre et il en choisit un de mille francs, avec de la poussière de diamant autour du cadran.

« *On ne va pas chez les gens les mains vides...* »

Encore une phrase qu'il connaissait par cœur, qu'il avait entendue mille fois chez lui et chez ses tantes. Il acheta des homards, des huîtres, des bouteilles de vin vieux et assez de pâtisseries pour donner une indigestion à dix personnes.

Puis il prit un taxi. Il hésita pourtant. Il sentit qu'il vaudrait mieux aller à pied, mais il ne résista pas au désir d'arriver chez lui en taxi.

La voiture arriva dans la rue calme, s'arrêta en face de la porte verte et la vieille demoiselle qui brodait devant la fenêtre courut annoncer dans la cuisine :

— Thérèse!... C'est lui!...

— Il sonne...

— Qui crois-tu que ce soit? Il est en auto...

— Est-ce que je dois ouvrir?

Mme Chevalier d'un geste machinal retirait son tablier, s'essuyait les mains à un drap qui pendait à côté de l'évier.

— J'ai presque peur... Si tu allais lui ouvrir?...

— Moi?

La vieille demoiselle laissait entendre par sa mimique que la logeuse devenait folle.

— Reste avec moi, au moins. Je ne peux pas te dire quel drôle d'effet que ça me fait...

De Ritter sonna une seconde fois. Le chauffeur était près de lui, chargé de paquets. La porte s'entrouvrit enfin.

— Monsieur?...

— C'est moi! se contenta-t-il de prononcer. Bonjour, mère...

Et le premier mouvement de Mme Chevalier fut de reculer.

— René... gémit-elle.

Puis elle se retourna. Elle cria :

— Augustine!... C'est René!... C'est mon fils!

Elle n'osait pas encore s'adresser à lui. Elle se laissa embrasser et commença à pleurer. Le chauffeur bouchait le corridor avec ses paquets.

— Un instant, dit René.

Et, au chauffeur :

— Laissez tout ça ici... Attendez-moi au-dehors...

— Comment? Tu vas repartir?

— J'ai un rendez-vous à six heures... Je reviendrai...

— Entre... Ne fais pas attention... Je ne sais plus... Donne-moi ton chapeau, ton pardessus...

Il les accrochait lui-même au portemanteau de bambou, reniflait, ne retrouvait pas l'odeur d'autrefois.

— Tu permets que je laisse entrer Mlle Augustine? Depuis trois ans, c'est elle qui me tient compagnie... Si tu savais...

Et voilà qu'elle pleurait de plus belle en laissant aller son visage sur l'épaule de son fils. Elle pleurait et disait :

— René!...

Puis, sans transition :

— Pauvre père!...

Lui ne savait que faire, ne parvenait pas à être ému comme il aurait dû l'être. Il regardait la vieille demoiselle qui attendait dans l'encadrement de la porte qu'on la présentât.

— Excuse-moi, Augustine... Je ne sais plus où j'en suis. C'est mon fils... C'est René!...

Elle le répétait, mais elle ne le sentait pas.

Quand elle le regardait, on la devinait inquiète, déroutée. Elle avait presque envie de le vouvoyer, de le traiter comme un visiteur.

— Assieds-toi... Tu prendras bien quelque chose?

— Merci.

— Un petit verre, non? Reste, Augustine... Tu n'es pas de trop... Il n'y a pas de secrets... Alors, René, c'est toi...

— C'est moi...

Il avait envie de s'en aller. La pièce était sombre. On avait changé les meubles de place. On en avait ajouté d'autres, et des fleurs en papier dans les vases, ce que son père n'aurait pas admis. Pour comble, on avait recouvert en rouge le canapé vert sur lequel il se roulait quand il était petit.

Puis l'odeur de ces deux femmes, qui n'était plus l'odeur d'une famille...

— Je t'ai apporté une montre... dit-il en la tirant de sa poche. Tiens...

Il ne comprit pas tout de suite pourquoi sa mère était gênée, mais Augustine le renseigna.

— C'est presque la même que celle que je t'ai offerte pour tes soixante ans...

— Mais non!

— Je te dis que c'est presque la même...

— Tais-toi, Augustine! Merci, René! Elle est très belle... Tu n'aurais pas dû faire ces frais-là...

Elle osait à peine le regarder en face. Elle lui lançait des coups d'œil furtifs, à la dérobée. On aurait dit qu'elle essayait de le reconnaître et elle mentit en disant :

— Tu n'as guère changé.

Puis, pour rompre un silence :

— Tu te souviens de ces portraits?

Elle se levait, lui montrait les photographies garnissant les murs et les guéridons. C'étaient les mêmes que chez tante Mathilde.

— Ton pauvre père!... Tu te rappelles, quand on allait à la campagne?...

Ce n'étaient pas ces portraits-là qu'il regardait. Il y en avait d'autres, qu'il ne connaissait pas, des photographies de son père avec une barbiche grise, presque blanche! D'autres où ses parents se trouvaient à côté de gens qu'il n'avait jamais vus.

Il n'était pas loin d'en vouloir à son père mort comme à sa mère.

— Tu sais que tante Mathilde ne vient plus?

Il se mordit la langue trop tard.

— Je sais... avait-il dit.

— Tu l'as vue? Où ça?...

— Je l'ai rencontrée...

Elle ne le croyait pas. Il connaissait sa mère! Elle ne l'avait jamais cru et, maintenant, elle l'observait avec méfiance.

— Qu'est-ce qu'elle t'a dit? Tu peux parler devant Mlle Augustine qui, elle, a de l'éducation...

— Elle m'a dit que vous vous étiez disputées, c'est tout!

— Parce qu'elle était jalouse, voilà la vérité.

Quand ton père est mort, elle a cru qu'elle allait s'installer ici, qu'elle aurait tout à dire...

De Ritter écoutait mal. Il pensait. Il remarquait que sa mère ne lui avait pas posé une seule question sur lui-même.

— Je lui ai fait comprendre que j'étais maîtresse chez moi et que je recevais qui je voulais... Tu te souviens de sa mère? Celle-là était une brave femme! Dire que je ne te laissais pas manger ses bonbons!... C'est que je ne pensais qu'à ta santé, moi! Je n'ai jamais pensé qu'à la santé des autres... Tu ne sais pas ce que c'est, Augustine! Demande à mon fils... Demande comment je l'ai élevé... Il n'y avait rien de trop bon pour lui...

— Ecoute, mère...

— Tu ne veux pas déjà partir?

— Pas encore... D'ailleurs, je reviendrai te voir...

— Et pourquoi n'habiterais-tu pas ici? J'ai deux chambres vides. Tu seras soigné comme nulle part ailleurs...

— C'est impossible...

— Tu trouves la maison trop pauvre, n'est-ce pas?

— Mais non, mère!

Il ne l'avait pas appelée maman, il ignorait pourquoi.

— Tu es à peine arrivé et tu veux déjà partir!

Elle se méfiait, l'épiait, pour deviner ses pensées.

— La maison n'est pas très gaie...

— Je te jure, mère... Il faut que je sois libre de mes mouvements... Je travaille...

— Tu as bien encore un quart d'heure?

— Oui.

— Attends-moi une minute... Je vais prévenir ton oncle Henri, qui sera si content...

— Non! hurla-t-il.

— Tu ne veux pas le voir?

— Mais non! Tu sais bien que de tout temps j'ai détesté mes oncles et mes tantes...

— Tu entends, Augustine? Qu'est-ce que je t'avais dit? Il a toujours été comme ça! A cinq ans, il me répondait :

« Pourquoi dirais-je bonjour à ce monsieur? C'est ton ami! Ce n'est pas le mien... »

De Ritter ne s'y retrouvait plus, ne savait plus où étaient la réalité et la légende. Il avait l'impression de vivre un cauchemar. Ce qu'il voyait ne ressemblait pas aux photographies des petites joies d'autrefois, à la campagne, ou sur le seuil par un matin de soleil.

— Ecoute, maman...

C'était la première fois qu'il disait ce mot-là. Et s'il pouvait le prononcer, c'est justement parce qu'il ne le pensait pas, parce que c'était du théâtre.

— ... il faut absolument que je parte... Je reviendrai demain...

— Tu n'as pas le temps de dîner avec nous?

L'autre vieille fille qui était toujours là, grasse et blafarde! Il la détestait. C'était presque comme si elle lui eût volé sa mère!

— Laisse-moi partir... Je voulais absolument te voir...

— Tu es arrivé aujourd'hui?

Elle savait bien, parbleu, qu'il était dans la ville depuis quinze jours!

— Non... Je n'osais pas... Après tant d'années...

— Tu n'es pas marié?... Tu es seul?...

Il l'aurait presque battue. Du moment qu'elle disait cela, c'est qu'elle connaissait la vérité! Mais c'était son genre de lancer des insinuations, avec un air doux et innocent!

— A demain... Je reviendrai...

Il se dirigeait vers le corridor, vers le portemanteau de bambou.

— Qu'est-ce que c'est cela? demanda sa mère en désignant les paquets.

— Quelques petites choses que je t'ai apportées.

— C'est trop!... s'efforça-t-elle de prononcer.

Et on restait toujours dans la comédie! Et pourtant, il sentait, sous une couche de résistance, des larmes prêtes à couler, des effusions véritables.

Il n'y en avait jamais eu dans la maison!

Et la vieille Augustine vint sur le seuil, elle aussi, comme si elle eût été de la famille, et les deux femmes regardèrent le taxi s'éloigner.

— En ville... N'importe où! lança René au chauffeur.

C'était comme un bain de retrouver Léa à une table du café à musique. Il commanda un whisky. Des petits jeunes gens qui savaient qui il était le regardaient avec admiration.

— Tu as vu ta mère?

— Je l'ai vue.

— Qu'est-ce qu'elle a dit?

— Rien.

Il ne mentait pas, en somme. Qu'avait-elle dit? Elle n'avait parlé que pour justifier la présence dans la maison de la vieille fille à tête de méduse, comme si c'eût été un péché. De lui, pas un mot!

Un peu du passé, mais moins que tante Mathilde :

« — ... Quand on allait à la campagne avec ton pauvre père... »

Seulement la vie ne s'était pas arrêtée là, sacrebleu! Pas même celle de sa mère! La preuve, c'est qu'elle avait rougi en voyant la montre parce qu'elle en avait une autre toute pareille! Et elle s'en cachait! Elle en avait honte, comme si elle lui eût été offerte par un amant!

— Que faisons-nous, ce soir?

— Je dîne chez le directeur du *Moniteur*.

— Très peu pour moi!

— Evidemment!

— Tu n'es pas poli. Qu'est-ce que tu as? On dirait que tu es furieux...

Non! il n'était rien, ni furieux, ni content.

— Pas une touche? demanda-t-il en employant exprès un terme professionnel.

— Il faudra que je sois gentille avec le gérant. Tout à l'heure, il me l'a fait comprendre. D'habitude, il ne laisse pas les femmes seules s'asseoir aussi longtemps...

Le gérant était un peu plus loin, en noir. Un idiot quelconque, qui se croyait malin.

— Quand t'a-t-il donné rendez-vous?

— Ce soir, à la fermeture.

— Ça va!

— Je marche?

Pour la première fois, elle fut dépitée de son absence de jalousie et elle le laissa voir.

— Tu es allé voir ton magasin de chaussures, ce matin?

— Pourquoi pas?

— Il louche toujours?

— De moins en moins.

— Je finirai par croire que je me suis trompée...

— Que veux-tu dire?

— Rien!

Il lui pinça le bras, méchamment.

— Que veux-tu dire? répéta-t-il.

— Que tu n'es même pas un amateur... Tu es d'ici et bien d'ici... De ton quartier, de ta rue!... Au début, tu as voulu crâner... Puis ça t'a repris... Quand je pense que je ne comprenais pas, que je te croyais capable de je ne sais quoi, que je m'effrayais... Tu n'es jamais plus heureux que quand tu pérores au milieu d'un cercle de petits crétins... Si, peut-être! Quand tu fais la cour à la demoiselle aux souliers, qui boit tes paroles...

— Imbécile!

— Veux-tu m'expliquer pourquoi?

— Parce que!

— Paries-tu que tu l'épouses?

— Jamais!

— Qu'est-ce que tu paries?

— Eh! bien, je te parie la première nuit de noces... Si tu gagnes, tu viendras la passer avec moi...

— C'est idiot!

— Tu te dégonfles?

— Je n'aime pas les paris stupides.

— Tu vois!

Le garçon les observait. Plus loin, le gérant avait un air guilleret à l'idée qu'à minuit il s'offrirait Léa.

— D'ailleurs, pourquoi ne vendrais-tu pas des souliers? C'est un métier comme un autre. Tu feras comme ton ami Albert...

— Hein?

— Tu te consoleras de temps en temps de ta femme qui louche avec une bonne fille qui...

— Tais-toi!

— Alors, dis-moi sincèrement ce que tu penses. Ne mens pas, René... Qu'est-ce que tu as derrière la tête?

Il se renfrogna sans répondre.

— Avoue que tu es bouleversé, que tu ne sais plus... Avoue que j'avais raison quand je voulais t'emmener d'ici coûte que coûte... Tiens! Une preuve! Tu as porté ta grande malle à la consigne, par crainte qu'on arrive à soupçonner ton ancien métier.

— Ce n'est pas vrai!

— Qu'est-ce qui est vrai dans ce cas? Tu veux qu'on s'en aille? Il en est encore temps. Nous avons de l'argent en poche... Intelligent comme tu l'es...

— Ha! ha! tu me concèdes l'intelligence?

— Tu en as même trop...

L'orchestre jouait le *Comte de Luxembourg,* avec tirades des violons. Bruits de soucoupes. Et les garçons qui marchaient sur la pointe des pieds pour ne pas troubler la musique.

— Tu ne veux pas?

— Quoi?

— Partir... Je connais un pays épatant : l'Egypte... Une fois dans un cabaret, je parie...

— Bonsoir!

— Tu pars?

— Je suis invité à dîner, je te l'ai dit.

Et il gagna d'abord le lavabo, se lava les mains, se peigna, soigneusement, refit le nœud de sa cravate. Il arriva un quart d'heure plus tard chez le directeur du *Moniteur,* un barbu sincère et naïf qui avait déjà fait huit enfants à sa femme et qui considérait Paris comme une ville effrayante.

— Je vous présente...

Ils étaient une dizaine à table. Serviettes en éventail. Quatre verres par couvert. Des fleurs partout.

— Si vous nous racontiez un de vos voyages?

Vous savez que vos articles sur l'Equateur ont eu un grand succès?... Je ne devrais pas vous le dire...

René souriait, modeste. Il était assis à droite de la maîtresse de maison. Le rédacteur en chef était placé à gauche.

— Malheureusement, vous n'êtes qu'un oiseau de passage... Dans quelques jours, nous apprendrons que vous avez disparu vers d'autres cieux et il ne nous restera que nos yeux pour pleurer...

— A moins que l'oiseau se décide à faire son nid! articula-t-il mystérieux à souhait.

— Vraiment? Une de nos concitoyennes aurait-elle frappé vos regards?

— Qui sait?

— Nous pourrions jouer au jeu de devinettes... Dans quel monde? Ce n'est pas dans celui de la presse où il n'existe aucune jeune fille à marier...

— La magistrature?... risqua quelqu'un.

— La noblesse? insinua un jeune rédacteur invité parce qu'il était le fils d'un professeur de l'université.

Et de Ritter levait le petit doigt en mangeant, souriait, polissait des phrases spirituelles.

Bien entendu, il ne parla pas de la chaussure, ni de la rue de la Commune.

VI

Encore dans un demi-sommeil, il se contentait de ménager une fente très mince entre ses paupières, qu'il refermait dès que Léa lui faisait face.

Elle portait un peignoir à fleurs. En sortant du lit, elle était allée ouvrir les rideaux et le soleil avait enfoncé comme un coin un triangle lumineux dans la chambre, léchant le pied du lit, incendiant la chaise sur laquelle était posé le chapeau claque.

Léa s'était coiffée à côté, dans la salle de bains, et de Ritter dut s'assoupir. Une sensation de bien-être le réveilla : Léa venait d'ouvrir la fenêtre d'angle et un souffle frais pénétrait dans la chambre en même temps qu'une foule de bruits familiers.

Léa devait sortir encore, il le savait, pour prendre à la cuisine le plateau du petit déjeuner. Il était plus de neuf heures, presque dix. La journée allait être chaude car l'arroseuse municipale parcourait lentement la rue.

De Ritter but furtivement un peu d'eau ; il avait

la bouche pâteuse, mais il avait déjà fermé les yeux quand Léa rentra avec le plateau, marchant sur la pointe des pieds. Sans bruit, elle s'installa près de la fenêtre ouverte. On entendit seulement le froissement d'un journal, un choc à peine perceptible de porcelaine et ce fut tout pendant longtemps.

Si longtemps que René ouvrit les yeux, inquiet. Mais non! elle était toujours là, une main sur sa tasse de café, à lire le journal. Le laitier sonnait de porte en porte. A l'école, la récréation éclata en fanfare suraiguë.

— Je peux entrer? bourdonna une voix.

C'était la logeuse et de Ritter lui lança un coup d'œil à travers la grille de ses cils. Elle était vraiment énorme. Elle représentait en brun, Léa dix ou quinze ans plus tard. Elle marchait elle aussi sur la pointe des pieds, vêtue de son éternel peignoir bleu qui, comme toujours, était ouvert sur une petite chemise.

Non qu'elle fût indécente, ou qu'elle espérât encore allumer un désir! Elle savait que c'était fini. Elle se moquait du ridicule aussi. Des journées entières elle traînait ainsi parmi ses locataires, les cheveux sur des bigoudis, et parfois, quand elle se penchait, un sein fluide s'échappait sans que seulement elle s'en aperçût.

— Vous prenez une tasse de café? chuchota Léa.

— Non, merci...

Elles le regardaient dormir, puis la logeuse alla

prendre le chapeau claque sur la table et le contempla avec admiration. Sur une autre chaise, un habit était jeté, un gilet blanc. Par terre, une chemise au plastron empesé écartait les bras.

— Il s'est bien amusé?

— Je crois que oui. Il est rentré à quatre heures du matin...

De Ritter était heureux. Il aimait les entendre ainsi aller et venir sans bruit autour de lui, tressaillant à son moindre mouvement, parlant de lui, arrangeant ses affaires avec soin. Il aimait apercevoir tantôt un pan de peignoir bleu, tantôt le peignoir à fleurs, dans la chambre découpée par le soleil.

Il aimait que le lit fût de cuivre, avec un édredon de soie jaune, que tout respirât un certain luxe, de mauvais goût peut-être, mais un certain luxe quand même. Aux murs, des lithographies ne représentaient que des femmes nues, mais c'étaient des sujets classiques : Vénus sortant de l'onde, Suzanne et les vieillards...

Léa retournait les poches de son habit, grattait une tache sur le revers, cherchait la brosse.

— Il y a un article de lui, aujourd'hui?

— Je ne sais pas.

Il avait commandé cet habit au début de la semaine et il avait dû s'adresser à un spécialiste pour deuils, car il le lui fallait en quarante-huit heures, pour le bal de la Préfecture. *Le Moniteur* lui avait donné une invitation. Il avait couru les magasins, acheté le claque, la chemise empesée, les boutons de manchettes et, au dernier moment, la veille au soir, Léa avait dû galoper dans tout le quartier, car il avait oublié la perle de plastron.

Beaucoup de préparatifs pour rien! Il y avait foule, certes. Par contre, il n'avait rencontré qu'une seule personne de connaissance, un vieux rédacteur qui faisait les « chiens écrasés » depuis quarante ans et qui ne quitta pas le buffet.

Alors, comme il était habillé et qu'il ne voulait pas rentrer si tôt, il avait passé le temps dans un triste cabaret de nuit, entre deux danseuses qui bâillaient.

— On n'a pas frappé à la boîte aux lettres? demanda Léa.

Elle se pencha à la fenêtre, annonça à la logeuse :

— C'est le facteur.

De Ritter commençait à en avoir assez de feindre de dormir. Il attendit cependant que la logeuse fût revenue et eût annoncé :

— Une lettre pour vous.

— Vous permettez?

Elle la lut dans le soleil, près de la fenêtre.

— Rien de mauvais, au moins?

— Non.

Il laissa un millimètre d'ouverture entre ses paupières au moment où Léa glissait la lettre sous une pile de linge, dans l'armoire.

— Il doit être fatigué, s'il est rentré à quatre heures...

C'était le bon moment. De Ritter remua, s'étira, grommela :

— Café!

Et la logeuse de s'empresser :

— Je vais vous en apporter du chaud.

— Du courrier? demanda-t-il à Léa.

— Rien. Seulement des journaux.

Il arrangea les deux oreillers derrière ses épaules, grommela encore :

— Passe-moi le peigne!

Car il se voyait dans le miroir d'une coiffeuse et il n'aimait pas se voir avec les cheveux en désordre.

On posa le plateau sur ses jambes étendues. Il mangea lentement, en regardant les deux femmes qui achevaient de mettre de l'ordre dans la chambre.

— Vous n'avez plus besoin de rien? demanda la logeuse en petite chemise.

— Non, merci.

— Donne-moi les journaux...

Léa s'approcha et il retint sa main dans la sienne, la regarda dans les yeux avec insistance.

— Qu'est-ce que tu as, toi?

— Qu'est-ce que j'aurais? balbutia-t-elle.

Elle n'était pas naturelle. Lui non plus, d'ailleurs.

Les bruits de la rue continuaient à orchestrer leur entretien, y compris le pépiement d'une bande de moineaux dont un, toujours le même, avait la manie de se jucher sur l'appui de la fenêtre.

— Qu'est-ce qui te prend, Léa?

Il y avait quinze jours maintenant qu'il voyait Marthe presque tous les jours. Au *Moniteur,* on avait accepté de lui un billet quotidien qu'il signait *Quo Vadis.* Il ne pouvait continuer à habiter avec une femme en carte et il avait décidé que Léa chercherait une chambre dans un autre quartier, ce qui ne les empêcherait pas de se voir.

— Tu tiens à compliquer mon existence, oui? questionna-t-il.

— Si c'était ça! Tu la compliques bien assez toi-même! Et celle des autres par-dessus le marché.

— Que veux-tu dire?

— Rien... Laisse-moi!

Il l'avait lâchée et il la vit se retourner vivement. Il fut sûr qu'elle esquissait une grimace comme quelqu'un qui a envie de pleurer. Or, c'était tout le contraire du caractère de Léa qui ne prenait jamais les choses au sérieux et qui s'émouvait encore moins.

— Passe-moi les journaux, t'ai-je déjà dit.

Il préférait continuer à l'observer à la dérobée. Il fit semblant de lire, comme il avait fait semblant de dormir.

— Quelle heure est-il?

— Dix heures et quart... Tu devrais déjà être en route pour aller voir ta fiancée...

— Léa, je t'ai déjà demandé...

— ... de ne pas parler de ça... pardon!

Et elle ramassait du linge à elle qui traînait par terre.

— Tu sais très bien que je ne suis pas fiancé...

— Mais tu l'épouseras quand même.

— Ce sera tout différent. Est-ce que je t'ai défendu de devenir la maîtresse d'Albert? Nous y avons gagné dix mille francs. Ici, il s'agit...

— Il ne s'agit pas d'argent. Il s'agit d'une vie, de ta vie...

— Le père Soubirot possède quatre maisons, dont celle qu'il occupe et qui vaut au moins cent cinquante mille francs...

— Tu me le répètes assez!

— Tu es étrange, aujourd'hui.

— Je n'ai rien.

— Alors, donne-moi la lettre que tu viens de recevoir.

— Quelle lettre?

— Celle qui est cachée sous tes chemises.

— Non!

C'était la première fois qu'elle lui refusait quelque chose et elle en avait la gorge serrée.

— Tu veux que je me lève?

— Tu ne l'auras pas.

— De qui est-ce?

— Ce sont mes affaires... C'est... C'est de ma mère...

— Alors, montre-moi seulement la signature.

— Non!

Il fit mine de se lever, après avoir lancé le plateau par terre, où la vaisselle se brisa. Il entendit nettement, à la suite de cet éclat, les pas furtifs de la logeuse derrière la porte.

— Tu ne veux pas?

— Tant pis pour toi!

Elle fouilla fébrilement la pile de linge, lança la lettre sur le lit. L'écriture était maladroite, avec des fautes d'orthographe.

« *Ma chère Léa.*

« *J'ai lu ta bonne lettre aux copines et à madame et nous avons été toutes contentes d'avoir de tes nouvelles. Ici, ça va, malgré les manœuvres qui ont éloigné le régiment pour un mois. Madame m'a dit comme ça de t'écrire pour te dire que tu as toujours ta place dans la maison. Elle prévoyait ce qui est arrivé. Elle prétend qu'elle avait parié que ça ne durerait pas un mois...* »

Puis des détails plus spéciaux :

« *C'est Marie qui a pris le grand brun. L'homme des postes, maintenant, vient me trouver tous les samedis. Quant au frisé...* »

— Quand lui as-tu écrit?

— Il y a quatre jours.

— Tu veux retourner là-bas?

Il s'agissait de la maison de Clermont-Ferrand, évidemment.

— Je ne sais pas.

Il se leva, en pyjama, marcha vers elle, car il ne la reconnaissait pas.

— Tu deviens folle, dis?

Et toujours l'autre, la grosse, derrière la porte.

— Qu'est-ce que tu voudrais que je fasse ici?

— Est-ce que je te demande de faire quelque chose? Est-ce que je ne t'ai pas promis d'aller te voir presque tous les jours?

— Ce n'est pas la même chose...

Elle renifla. Il fronça les sourcils. Et l'instant d'après elle pleurait vraiment, comme une Madeleine, selon l'expression, ce qui ne lui était jamais arrivé.

— Ecoute, Léa...

— Ne me bats pas!

— Je ne te battrai pas, non! Mais tu vas me jurer de ne pas partir...

Elle secoua négativement la tête.

— Tu vas me le jurer, sinon... Je ne te battrai pas, non... Je crois plutôt que je te tuerai...

Elle se tourna vers lui, les yeux écarquillés.

— Pourquoi?

— Parce que!

— Tu ne veux pas vivre sans moi?

— Je n'ai pas dit ça.

— Oh, je sais... Tu ne veux pas que je retourne là-bas parce que tu es orgueilleux... Cela te déplaît qu'on puisse dire que je t'ai lâché...

— Tais-toi!

— Avoue, alors!

— Ce n'est pas vrai!

— Tu vas te marier, je le sais... Mais tu me défends de reprendre ma liberté... Et si tu avais cinq, six, dix maîtresses, tu les voudrais toutes autour de toi... Avoue, René! Avoue-le, puisque je suis au courant...

Il croyait entendre parler sa mère qui, elle aussi, prétendait deviner ses moindres pensées, surtout les mauvaises.

— Dis que tu resteras!

— Puisque tu te maries... Tu vois! Tu n'oses même plus le nier...

— Mais qu'est-ce que cela peut te faire, imbécile? Puisque je te répète que j'épouse des maisons!

— C'est pareil!

— Tu es jalouse des maisons, à présent?

— Je ne suis pas jalouse. Mais je commence à te connaître. Je comprends maintenant pourquoi tu es venu ici. Je comprends pourquoi tu as tenu à rester malgré tout. Je l'ai senti dès le premier jour, sans croire que cela irait si vite...

— Quoi?

— Déjà ton article quotidien dans *Le Moniteur*...

— Jalouse de mes articles aussi?

— Et votre groupe, tous les soirs, au café...

— Cela te gêne?

— C'est fini, je m'en rends compte... Fredo avait raison... Tu n'étais qu'un amateur... Dès lors, je ne vois pas ce que je ferais ici...

— Tais-toi!

— Non!

Vlan! Une gifle en pleine figure! Elle le regarda avec stupeur, avec quasi de la reconnaissance.

— Tu as compris?

On bougeait, derrière la porte. L'arroseuse était juste en dessous des fenêtres, traînant sa pluie liquide.

— Jure que tu ne partiras pas...

— Si tu me jures, toi...

— Quoi?

— Que tu ne l'aimes pas!

— Qui? La fille qui louche? La chaussure? Tu deviens folle, Léa?

Elle avait encore la joue gauche cramoisie. Elle s'essaya à sourire, marcha dans la chambre.

— Tu es encore plus compliqué que je ne pensais... Au début, je m'imaginais que tu allais faire un malheur...

— Quel malheur?

— Je ne sais pas.

— Tuer quelqu'un, hein?

— Peut-être.

— Qui?

— N'importe qui...

— Dis des noms...

— Albert... Ou la vieille demoiselle...

— Tante Mathilde?

— Avoue que tu y as pensé, ne fût-ce qu'un instant?

— Continue.

— Ta...

— Ma quoi?

— Ta mère... Oui! J'ai pensé que tu en étais capable...

Il prit dans le placard la bouteille de vermouth et s'en versa un plein verre qu'il but d'un trait.

— Tu n'aurais pas dû écrire à Clermont, fit-il avec reproche.

— Pardon!

— Qu'est-ce qu'ils vont penser, là-bas? C'est idiot! Tu sais bien que je ne te laisserai jamais partir...

— Pourquoi?

Et il eut une fois encore la même réponse :

— Parce que!... Prépare-moi mes vêtements, tiens! Il faut que je passe au *Moniteur*...

— Et chez la chaussure...

Il ouvrit la porte, si brutalement que la logeuse n'eut que le temps de reculer et faillit perdre l'équilibre.

— Entrez... Vous êtes capable de tenir votre langue?...

— Vous me le demandez, à moi?

— Vous donnerez une autre chambre à Léa dans la maison... Personne ne doit savoir que nous nous voyons, vous entendez?

— C'est juré!... Une chambre est libre à côté... En enlevant la commode, on peut même passer par la porte de communication...

Léa était radieuse. De Ritter retirait sa veste de pyjama, découvrait une poitrine étroite et pâle.

— Prépare mon bain!... Dépêche-toi!...

Il alluma une cigarette et, pendant que l'eau coulait des robinets, il jeta un coup d'œil sur le journal.

Si le vieux Soubirot était là, il se hâtait de murmurer :

— Il est temps que j'aille faire ma promenade...

Il n'avait même pas besoin de mettre sa casquette puisqu'il l'avait sur la tête du matin au soir.

— Le médecin m'a ordonné de faire cinq ou six promenades par jour, avait-il expliqué une fois pour toutes.

Soit cinq ou six petits verres de genièvre! Car le père Soubirot était de Boulogne et pour rien au monde il n'aurait bu autre chose que de l'alcool de grain.

Pourquoi de Ritter avait-il condamné la salle à manger? Il n'aurait pu le dire. Elle ne lui était pas sympathique. Il préférait le magasin toujours dans la pénombre, les boîtes blanches et jaunes s'étageant jusqu'au plafond, le cylindre de nickel avec le papier d'emballage et la ficelle rouge enfermée dans une boule grillagée, un bout pendant à portée de la main.

Comme partout, il avait sa place, l'angle du comptoir, vers le fond, sur lequel il posait une cuisse. Marthe se tenait debout devant lui, souriante, toujours un peu apeurée.

A chaque visite, elle semblait craindre de l'entendre déclarer :

— A propos, je repars demain pour la Chine...

Au fond, elle n'était pas tellement laide. Une fois, il avait osé lui dire :

— Tu n'as jamais songé à te faire opérer?

Et elle avait répliqué :

— Pour qui?

C'était lui qui n'avait rien trouvé à lui répondre. Elle n'était jamais prise de court. Il était étonné de tout ce qu'elle savait. Depuis son retour, par exemple, elle avait dû lire de nombreux ouvrages sur les pays qu'il avait traversés, car elle lui citait des détails qu'il ne connaissait pas lui-même.

— J'étais plutôt née pour faire une secrétaire... disait-elle avec son inépuisable bonne humeur. Je ne possède aucun génie, aucune étincelle, mais j'ai la patience d'une fourmi...

Elle n'avait pas le mauvais goût de changer du tout au tout sa façon de s'habiller. Cela restait sévère, un peu terne, mais comme avec des rayons de soleil. Une tache de couleur par-ci... Un décolleté un peu plus audacieux... Des manches plus courtes...

Elle lisait son article quotidien, bien entendu. Elle en discutait avec lui. Quelquefois elle n'était pas de son avis. Elle avait des réponses qui le déroutaient.

— Tu n'as jamais pensé vivre ailleurs? lui demandait-il par exemple.

Et elle répliquait en riant :

— Et toi?

C'était peut-être idiot. C'était peut-être très

profond. Elle l'admirait, évidemment. Mais l'admirait-elle sans restriction?

Il arrivait à René de se dire qu'il n'y avait pas d'admiration du tout en elle mais seulement de l'amour.

Alors, comme Léa, qui le prenait, elle aussi, pour un amateur! Ici, il soignait davantage la véracité de ses récits que quand il discourait devant un cercle de journalistes et d'artistes. Il lui arriva de consulter d'avance une encyclopédie, dans un café.

Car Marthe avait tout lu! Y compris des quantités d'ouvrages qu'il ignorait.

Ce jour-là, peut-être parce qu'il était énervé par sa conversation avec Léa, il demanda :

— Où sont tous tes livres?

— Dans ma chambre...

Cette chambre où, comme tante Mathilde le lui avait appris, deux de ses photographies étaient accrochées au mur.

— Je peux les voir?

— Monte...

Elle lui ouvrait la porte qui donnait sur un petit escalier tortueux, car l'immeuble était vieux. Seulement, elle restait en bas.

— Marthe! appela-t-il une fois à mi-chemin.

— Quoi?

— Tu ne montes pas?

— Je dois garder le magasin...

— Il se gardera bien tout seul!

Elle n'insista pas. Cependant il y avait quelque

chose d'assez dramatique dans ce court entretien. Quand il la vit atteindre le palier, il remarqua qu'elle était pâle, que son regard se détournait de lui.

— C'est ici, dit-elle en poussant une porte.

Une chambre pas gaie, qui donnait sur la cour. Un lit de noyer. Une armoire à glace. Un lavabo sans eau courante. Et, au-dessus du lit, deux agrandissements photographiques qu'il feignit de ne pas remarquer.

Par contre, sur des rayons, trois ou quatre cents livres qu'elle avait reliés avec des tissus de couleur.

Il ne voulait pas regarder la courtepointe du lit et il ne voyait qu'elle, éclatante de blancheur.

— Voici mon chez-moi... prononçait Marthe.

Elle avait peur, il le savait. Elle n'osait pas quitter l'abri de la porte entrouverte.

— C'est intime... affirma-t-il sans savoir ce qu'il disait.

— Oui, n'est-ce pas?

Sa voix vibrait d'ironie.

— Je ne me souvenais pas de cette chambre...

— Avant la mort de maman, je couchais à l'étage au-dessus... Tu ne peux l'avoir connue...

Quand la sonnerie du magasin retentit, Marthe décolla ses lèvres des lèvres de René.

— Il y a quelqu'un... dit-elle.

Mais elle ne faisait rien pour échapper à son étreinte. Elle accepta le « Tant pis » par lequel il lui répondait.

M. Soubirot regardait autour de lui, dans le

magasin, évitait de s'approcher de la porte qui ne donnait que sur l'escalier et qui était restée entrouverte. Il préféra pénétrer dans l'atelier, où il s'assit en face du vieux Denis, le bossu, qui avait gardé l'habitude de chiquer.

— Il est parti? demanda Soubirot.

Denis, en plus de sa chique, avait des pointes dans la bouche et les retirait une à une pour les planter dans une semelle. Il se contenta de faire non de la tête. Mais son expression de physionomie était si malicieuse que Soubirot, le premier, esquissa un clin d'œil.

Denis en fit autant. Puis Denis renifla l'haleine de son patron et Soubirot cligna à nouveau l'œil, car il savait ce que cela voulait dire. Ils étaient deux vieux complices. Il y avait quarante ans que leur petit jeu durait. De sa poche, Soubirot retira une bouteille comme celles dont on se sert couramment en pharmacie et la tendit à son ouvrier.

— A votre santé, patron!

La fenêtre donnait sur une cour déserte. Des peaux pendaient au plafond. Le bossu s'essuya la bouche, rendit la bouteille vide et ouvrit la fenêtre, par habitude, car il savait que la pièce, maintenant, sentait le genièvre.

— Tu crois que c'est fait? questionna Soubirot.

— Çette fois, oui...

Ils étaient du même âge. Ils avaient débuté ensemble, dans cette même maison dont Soubirot, lui, avait épousé la fille, ce qui avait fait de lui un patron, tandis que le bossu, depuis quarante ans, vivait sa vie solitaire dans le même coin.

Pas toujours solitaire car, dix ans auparavant, encore, il y avait jusqu'à dix ouvriers qui faisaient la « mesure ».

— Il a l'air comme ça, murmura Soubirot, mais je crois que c'est un bon bougre...

— N'empêche que c'est toujours pas lui, n'est-ce pas, qui maniera un tranchet?

La remarque n'était pas désobligeante. Ils savaient, tous les deux, qu'ils n'existaient plus, qu'ils étaient dans le monde comme des pièces de musée.

— Je les ai entendus causer hier... Le jeune monsieur parlait d'éclairer davantage la vitrine, de la transformer...

— Dis donc, Denis... Combien as-tu, maintenant, comme économies?

— J'ai tout mis en viager. Quand je le voudrai, je recevrai une rente de douze mille francs.

— Qu'est-ce que tu attends?

— La même chose que vous.

Ils se turent un instant. Ils avaient entendu tomber un objet au-dessus de leur tête et, malgré lui, Soubirot eut l'air gêné.

— C'est la vie, patron!

— De quoi te mêles-tu, bossu?

— Je vous dis seulement que c'est la vie...

— Tu la connais, toi?

— Si je la connais!

Puis des pas dans l'escalier. Alors, l'un et l'autre furent pris de panique. Denis grogna :

— Vous devriez y aller...

— De quoi aurais-je l'air?

— Croyez-moi... C'est prudent...

Soubirot avait toujours la petite bouteille à la main. Il restait un vague fond de genièvre. Il l'avala et entra dans la boutique où Marthe et René venaient de pénétrer de leur côté.

— Vous étiez là-haut? dit le marchand de chaussures.

— J'ai voulu voir la bibliothèque de Marthe...

Marthe était pâle avec des taches rouges sur la figure.

— Il ne faut jamais laisser le magasin seul... trancha le vieux, par principe.

— René voulait absolument voir...

Et c'était le père qui détournait la tête.

— Monsieur Soubirot...

La voix de Ritter se faisait solennelle...

— Mon garçon?

— Il faudra que je vous parle... Marthe et moi nous avons eu un entretien... un entretien...

— Je vous écoute...

— Non! Je viendrai vous voir une autre fois... C'est très important... C'est *capital*...

Le pauvre Soubirot n'osait pas regarder sa fille qui n'osait pas non plus le regarder. Marthe et René se tenaient aussi loin que possible l'un de l'autre.

— Je viendrai cet après-midi si vous le permettez... prononça de Ritter.

— A votre disposition...

Marthe avait l'air malade. Elle se mit, par contenance, à jongler avec des boîtes et elle en laissa choir toute une pile.

— Trois heures? Cela vous convient?

De Ritter disait cela comme s'il eût parlé d'un duel. Marthe ouvrait la porte du magasin et changeait, à l'étalage extérieur, les pantoufles de place.

— Mais oui, mon petit René...

— Au revoir, cher monsieur...

Le pauvre vieux aurait tout donné pour être invité à déjeuner ailleurs. Mais il n'était jamais invité à déjeuner. Si seulement il avait pu, comme à ses débuts, manger dans l'atelier, avec le bossu qui apportait sa demi-bouteille de vin et ses vivres!

Il n'osait pas non plus monter au premier, entrer dans la chambre de Marthe. Et il avait malgré lui, en tant qu'homme, un petit ricanement à l'idée que sa fille avait trente-huit ans.

Elle ne le regardait toujours pas. Elle s'affairait. Elle disait :

— Il faut absolument que je change l'étalage...

— Mais tu l'as déjà changé la semaine dernière!

— Seulement, maintenant, ce sont les vacances... Il faut exposer des souliers de marche, des bains de mer, des...

— Je vais faire un tour... Je reviens tout de suite...

Elle n'oserait rien dire pour cette promenade supplémentaire, pour ce petit genièvre qu'il allait boire en rabiot!

Quant à de Ritter, à la rédaction du journal, il annonçait avec un air de plaisanter :

— Cette fois, messieurs, je crois que je me marie!

Léa devait se tirer les cartes, en compagnie de la logeuse qui n'était pas encore habillée. Elle ne s'habillait que pour sortir, mais alors elle affichait des robes somptueuses qu'elle commandait à Paris.

— Il vous a battue, hein! disait-elle.

— Mais non! faisait l'autre du bout des lèvres.

Et elles se servaient du vermouth, allumaient des cigarettes blondes.

VII

Il était à peu près deux heures quand il fit claquer la boîte aux lettres, d'un geste qu'il retrouvait, avec la même façon d'attendre en regardant la perspective de la rue. D'habitude, on entendait d'abord s'ouvrir et se fermer la porte de la cuisine. Cette fois une voix vint du premier étage.

— Tu ne veux pas ouvrir, Augustine?

Puis un silence assez long. De Ritter faillit sonner. Enfin des pas dégringolèrent l'escalier et sa mère ouvrit la porte en se cachant derrière le battant.

— C'est toi... dit-elle.

Il y avait toujours chez elle, quand il arrivait à l'improviste, comme une ombre de crainte. Elle ne l'aurait jamais avoué, fût-ce dans le plus secret d'elle-même, et pourtant son regard cherchait machinalement un appui.

— Ne fais pas attention, René. Tu vois, Augustine, comme c'est gentil de sa part!...

La vieille demoiselle, harnachée pour sortir, un

triple rang de jais autour du cou, la capeline ornée de paillettes noires, dit négligemment bonjour à de Ritter et resta debout au milieu de la salle à manger, son parapluie à la main.

— Figure-toi, René, que c'est toujours la même comédie... expliquait Mme Chevalier. Nous devons aller à l'hôpital, pour voir une religieuse qu'Augustine a connue autrefois... J'étais en train de m'habiller... Eh! bien, pour tout l'or du monde, elle n'ouvrirait pas la porte...

— Il est deux heures, fit la vieille demoiselle. Tu n'es jamais prête...

— Parce qu'il faut d'abord que je desserve et que je fasse la vaisselle!... Tu ne veux pas prendre quelque chose, René?

— Merci... Je venais t'annoncer une nouvelle, une grande nouvelle...

Le ton n'y était pas, à cause de cette entrée ratée. Il s'efforça pourtant d'être mystérieux et ironique.

— Devine ce que j'ai décidé!

— Tu vas repartir?

Il préféra ne pas essayer de démêler s'il y avait eu un soulagement dans la voix de sa mère.

— Non. Je me marie.

Il disait cela comme si ces mots devaient automatiquement soulever l'admiration et l'enthousiasme. A sa surprise, Mme Chevalier soupira :

— Avec cette femme?

Elle était en jupon de dessous. La vieille fille

s'impatientait, plantée telle une tour au milieu de la pièce.

— Quelle femme veux-tu dire?

— Celle avec qui tu es arrivé dans la ville. Tout le monde est au courant.

Ça, c'était bien sa mère! Elle n'avait rien dit jusque-là! Elle avait reçu son fils avec des sourires, des mots affectueux, mais en même temps elle faisait son enquête et apprenait le passé de Léa.

— Il ne s'agit pas de cette fille, riposta-t-il. J'épouse Marthe.

— Marthe Soubirot?

Pas d'enthousiasme, décidément. Encore un soupir, au contraire.

— Je souhaite que cela vous réussisse à tous les deux...

Mais elle n'y croyait pas. Elle regardait l'horloge. Elle avait hâte d'aller mettre sa robe.

— Tu penses qu'à ton âge tu parviendras à te fixer?

— J'ai bien réfléchi...

— La pauvre Marthe n'a pas peur?

Il préféra s'en aller, laissant les deux femmes reprendre leur dispute en attendant d'aller voir leur amie à l'hôpital. Avant de se rendre à trois heures, au magasin de chaussures, il faillit aller annoncer à Léa la nouvelle officielle, mais c'était encore un moyen de recevoir une douche et il n'en avait pas besoin. Il préféra se promener tout seul, choisissant le trottoir ombragé, car le soleil devenait chaud.

Il fut sur le point, par principe, d'acheter des gants blancs, puis il se contenta d'un énorme bouquet de roses blanches.

Quand il poussa la porte vitrée, Marthe se tenait dans le magasin et de Ritter chercha en vain son père des yeux.

— Il m'attend dans la salle à manger? questionna-t-il en posant les fleurs sur le comptoir. Il n'a rien dit?

— Il est allé se promener...

— Mais... Il est trois heures.

Elle parlait d'une voix très douce, feutrée de mélancolie.

— C'est moi qui lui ai demandé de sortir.

— Nous avions pourtant rendez-vous...

Tout cela le mettait de mauvaise humeur. Il n'aimait pas être contrarié.

— J'ai préféré que nous puissions parler tous les deux, René. Assieds-toi, veux-tu?

Elle avait tort de prendre cet air triste, d'esquisser ce sourire empreint de résignation, car ainsi elle paraissait beaucoup plus vieille fille.

— Je ne t'en veux pas, c'est ce qu'il faut que tu saches d'abord. Je suis heureuse de ce qui s'est passé. Je ne regrette rien, même s'il devait y avoir des suites...

Il avait horreur de ces scènes-là! Il avait surtout horreur qu'on revînt sur ce qu'il avait décidé. Il eut, malgré lui, un geste d'impatience.

— Ne te fâche pas...

Elle s'accoudait au comptoir, les mains jointes, et sa voix était de plus en plus douce.

— J'ai beaucoup réfléchi... Nous avons failli, tous les deux, faire une terrible bêtise...

Sous le coup de la contrariété, peut-être, de la rage, de la chaleur, de tout, René sentit ses yeux picoter et, à ces moments-là, il n'y avait qu'un léger effort à faire pour amener des larmes à ses paupières.

— Marthe... balbutia-t-il.

Les larmes y étaient, il le savait. Marthe s'affolait, détournait la tête.

— René!... Je t'en supplie... Laisse-moi la force de parler... Tu n'es pas né pour vivre entre les quatre murs de cette boutique... Tu n'es pas né pour avoir une femme comme moi... Tu as trop vécu, trop voyagé... Ces temps-ci, tu as été repris par des souvenirs et tu t'es laissé émouvoir, mais, dans un mois, dans un an...

Il avança sa chaise, saisit les deux mains de Marthe et les garda dans les siennes, tandis que son regard fixait le sol.

— Je te répète que je ne t'en veux pas. Tu as été sincère. N'empêche que nous serions malheureux l'un comme l'autre, toi surtout. Un jour tu en aurais eu assez et tu serais parti...

C'était un doux murmure, doux comme les mains chaudes et molles qu'il tenait entre les siennes.

— Tu ne m'aimes pas, articula-t-il en regardant toujours par terre.

— René! Comment oses-tu dire...

— Alors, je ne comprends plus. Ou bien c'est toi qui ne comprends rien, qui n'as jamais compris.

Il se leva, lâcha les mains, marcha à grands pas dans le magasin, parlant d'une voix tranchante, tantôt sourde et tantôt aiguë.

— Non, tu n'as rien compris, sinon...

Et il frappa un coup violent sur le comptoir de bois noir.

— Voilà vingt ans, vingt-deux, que je roule ma bosse avec toujours l'espoir de me fixer enfin...

— Tu vois!...

— Mais non, je ne vois pas, car ce que je cherche, justement, ce que j'ai toujours cherché, même quand j'étais gosse, c'est un coin à moi... Partout, toute ma vie, j'ai eu la sensation d'être un étranger... Aujourd'hui, il me semblait...

— René! Pardon...

— A présent, il est trop tard, puisque tu n'as pas compris. J'avais renoncé à tout, rejeté mes ambitions. Pour toi, j'étais devenu un brave petit rédacteur du *Moniteur* et chaque soir, au café, je retrouvais ces imbéciles... Je me refaisais une âme de jeune homme... J'accourais ici comme un fou... Quand j'arrivais trop tôt, j'attendais au coin de la rue, le regard rivé à l'horloge de l'église Saint-Jacques... Cet après-midi, tiens, j'hésitais à acheter des gants blancs, pour être en règle avec les traditions les plus ridicules!... Et voilà que...

Les larmes jaillissaient toujours. Il se contenait.

Marthe s'affolait, passait de l'autre côté du comptoir, essayait d'arrêter sa marche saccadée.

— René!... Pardonne-moi... C'est pour toi que...

— Pour me rejeter dans mes vagabondages, oui? Sais-tu seulement ce que c'est ma vie? Les hôtels, les meublés, les gares, les bureaux de poste restante...

Ses lèvres frémissaient. Parfois il avait dans la voix des notes graves qui allaient droit au cœur.

— Je te raconterai un jour. Ou plutôt non, puisque...

— Nous resterons amis, René!

— Non! Je repars ce soir...

— Où?

— Je n'en sais rien. En Afrique, en Australie...

Et il pleura vraiment. Il souffrit vraiment. Il avait la gorge serrée à l'idée du sort qu'il évoquait, de ce qu'avait été sa vie jusque-là.

— Tu n'as jamais rien compris, à vrai dire. Non! C'est seulement maintenant que je m'en rends compte. Comme les autres, tu as cru que j'étais une tête brûlée, un demi-fou, une sorte d'aventurier. Mais pourquoi, je te le demande? Tu n'en sais rien! Pour une raison bien simple pourtant : parce que, tout gosse, je me rendais compte que je n'étais pas à ma place... Comprends-tu?... Non! J'étais dans un milieu étriqué et je me révoltais contre les mesquineries qui m'entouraient... Ah! mes tantes, mes oncles...

Il mélangeait tout. Il avait pitié de lui-même. Marthe lançait un regard triste autour d'elle.

— Et ici? soupira-t-elle.

— Ici, tout à l'heure encore, c'était le port... Je croyais... Je me figurais... Quand tante Mathilde m'a confié, un soir, que pendant que je roulais à travers le monde, une jeune fille n'avait pas cessé de penser à moi, j'ai senti que...

Non! A présent que c'était fini, il aimait mieux ne plus penser à ces détails. Il y en avait eu d'autres. Il avait même cassé sa canne à pomme d'or et elle était solide, si bien qu'il en avait mal aux mains. Mal aux mains et chaud à la tête, chaud aux paupières surtout, car ils avaient fini par sangloter tous les deux dans les bras l'un de l'autre et le vieux, en arrivant, les avait surpris dans cette posture.

— Papa!... avait crié Marthe en se précipitant vers son père.

Il ne savait plus, lui! Il ne demandait qu'à comprendre.

— J'épouse René, c'est arrangé... Si tu savais, papa...

Et, rassurée, elle respirait les roses blanches, des sillons humides luisant encore sur ses joues.

— Je crois que je dois vous féliciter, fiston? Peut-être que, si on s'embrassait?...

Il l'avait fait. Il s'était tourné vers Marthe.

— Si on allait chercher un cruchon pour arroser ça?

— Pas de genièvre, papa, du champagne!

Elle avait pris de l'argent dans le tiroir-caisse, avait couru vers l'épicerie la plus proche. Ils s'étaient installés dans la salle à manger.

— On devrait en porter un verre au bossu... proposa Soubirot.

Enfin, c'était fini! Tout était décidé. Le premier soin de René, une fois dehors, avait été d'entrer dans un café et de boire un grand verre de bière. Il détourna la tête en se voyant dans un miroir.

Il fallait se calmer, laisser passer cette petite fièvre qui lui rougissait les pommettes, laisser pâlir aussi ses lèvres devenues pourpres à force de s'écraser sur les dents de Marthe qui ne savait pas embrasser et qui se contentait d'entrouvrir la bouche.

En somme, il était encore temps de partir. C'est à cela qu'il pensait. Léa n'avait pas perdu sa place à Clermont. Elle y gagnait assez d'argent pour qu'ils fussent tranquilles tous les deux. Fredo finirait par s'apercevoir qu'il n'était pas un amateur...

Pourquoi n'en était-il pas capable? Il lui semblait que jamais plus désormais il ne quitterait la ville où il pouvait, des heures durant, tourner en rond dans les rues. Partout il retrouvait des souvenirs oubliés, comme la place du marché aux fromages, derrière l'église Saint-Jacques, une petite place ombragée d'ormes où, la journée, on ne voyait que des tréteaux démontés, mais où l'odeur disait assez que le matin de braves paysannes venaient vendre leurs fromages...

C'était à dix mètres du portail gothique de l'église et, quand on s'en approchait, vers quatre heures, on recevait des bouffées d'encens du salut et des vêpres...

Il décida de prévenir tante Mathilde. Il fallait aller la voir à la mercerie, une mercerie comme il n'en avait jamais rencontré d'autre au cours de ses voyages.

Elle ouvrait trois grandes vitrines sur la rue la plus commerçante. Les boiseries étaient sombres, mais vernies, les glaces d'une propreté méticuleuse. Les barres de cuivre de la porte vitrée étaient les plus étincelantes de la ville.

A l'intérieur, on entrait dans un monde nouveau, d'un calme tel qu'il semblait la négation de toute vie. Les stores ne laissaient passer que de la poussière de soleil. Des soies, des cotons, en écheveaux et en bobines, étaient rangés dans de longues boîtes en chêne verni.

Elles étaient trois demoiselles comme Mathilde à attendre les clientes, mais on n'en voyait jamais qu'une à la fois, celle qui s'avançait vers vous, car les autres se tenaient tellement immobiles, vêtues de noir, qu'elles faisaient partie du décor. Un seul bruit : celui du timbre que la caissière faisait résonner pour avertir de l'arrivée d'une cliente. Cela ressemblait au bruit d'une caisse enregistreuse...

— René...

C'était différent de rencontrer Mathilde ici où il était venu si souvent enfant, avec sa mère. Il lui revenait des bouffées du temps où il ne pouvait encore voir par-dessus les comptoirs et où la vieille demoiselle qui dirigeait le magasin l'emmenait en l'embrassant vers une petit salon pour lui donner une tablette de chocolat.

— Bonjour, tante!

Il l'embrassait, devant les autres qui étaient immobiles contre les rayons. Elle rougissait. Elle expliquait :

— C'est René, le petit Chevalier... Vous vous souvenez?... Le fils de Thérèse...

Et lui souriait gauchement.

— Tu es content, René? Nous lisons tous tes articles dans *Le Moniteur*... Il faut cependant que je te dise... Il y en a certains qui ne sont pas très moraux...

— Je suis venu t'annoncer une grande nouvelle, tante.

— Tu te maries?

Elle avait deviné, elle! Elle n'en paraissait pas fâchée, ni inquiète! Elle le regardait avec des prunelles toutes joyeuses.

— Tu as parlé au père de Marthe?

— Ce sera pour dans trois semaines...

Il distingua seulement un monsieur un peu chauve, vêtu de noir.

— Tu ne te souviens pas de M. Armand?... Il n'avait que cinq ans de plus que toi... C'est le neveu de Mademoiselle... Depuis qu'elle est morte, il a repris le commerce...

— Enchanté, monsieur...

— Vous avez beaucoup voyagé, d'après les

articles que je lis... Si vous saviez comme je vous envie!...

Tant pis! Tant pis! Tant pis! Il deviendrait comme M. Armand! Et il ferait partie des comités. Il serait président de quelque chose!

— Qu'est-ce que tu as? questionna Léa, quand il la retrouva à minuit.

— Rien!

— Tu te maries toujours?

— Plus que jamais.

— Veux-tu que je te dise?

— Chante quand même!

— Tu commets une petite saleté...

— Si ce n'est qu'une petite, quelle importance?

— Peut-être une grande!

— Jalouse?

— Tu ne le mérites pas!... Albert m'a rencontrée...

— Et alors?

— Naturellement, ça recommence... Mais cette fois, il ne dira rien à sa femme... Je lui ai fait croire que je suis revenue à cause de lui...

Il ricana, mais sans conviction, car cela ne lui faisait aucun plaisir.

— Tu n'as pas un crayon rouge?

Elle alla en chercher un dans sa chambre, et ils se penchèrent à nouveau sur le comptoir.

— Tu comprends, Marthe? Je supprime cette vitrine de mauvais goût. A sa place, je fais une entrée monumentale qui prend toute la façade...

Il crayonnait pour illustrer son idée.

— Quatre fois plus de lampes électriques... Une enseigne au néon annonçant des soldes perpétuels...

Soubirot n'avait jamais été aussi tranquille de sa vie. Il pouvait sortir dix fois par jour s'il le voulait, sans marcher sur la pointe des pieds, sans ruser pour amortir le timbre de la porte d'entrée! S'il revenait d'une démarche un peu molle, on ne lui disait rien, on ne le remarquait seulement pas.

— Cela coûtera cher... objectait Marthe, qui avait le sens de l'argent.

— Mais le coup en vaut la peine. Il suffit de vendre une des maisons qui ne nous servent à rien...

— Il paraît que ce n'est pas le bon moment.

— C'est toujours le bon moment si on trouve l'amateur... Je ferai de la publicité dans *Le Moniteur*...

Un après-midi, il trouva sa mère dans le magasin et plus que jamais elle eut l'air effrayé en le voyant entrer.

— Je passais... se hâta-t-elle d'expliquer. J'ai voulu dire bonjour à Marthe... Il paraît que vous avez quantité de projets...

Elle cachait mal son amertume. Est-ce que le rêve de toute sa vie n'avait pas été d'avoir un petit commerce bien propre? Et voilà que son fils, après vingt-deux ans d'absence...

— Je vous laisse... Il faut que j'aille à l'hôpital...

— Qu'est-ce qu'elle a dit? questionna René.

— Que je dois bien te tenir. Elle n'a pas confiance! Elle ne sait pas...

— Non, elle ne sait pas, répéta-t-il gravement.

Avec les tons graves, dont il connaissait les effets!

— Dans la vie, il n'y a que nos parents qui ne puissent jamais nous comprendre... C'est tragique!... Dans mon cas...

— Mon pauvre René!

Il avait tout expliqué! Qu'il était une victime! Qu'il aurait été un bon petit garçon si la vie ne s'était chargée de le lancer dans l'aventure...

— Tu me comprends, toi!... Mais souviens-toi... A l'époque, qui aurait été capable de me comprendre?

C'était facile, parce qu'il n'avait besoin de mentir qu'à moitié. Il finissait par ne plus mentir du tout. Il parlait de son horreur de la médiocrité — celle de l'âme, celle des petits soucis mesquins! — et de son désir lancinant d'une vie plus large...

— Cc n'est qu'à deux qu'on la trouve, Marthe... Je te dirai un jour toutes mes désillusions, mes expériences lamentables... Hélas! ce n'est pas un saint que tu épouses...

— Je ne voudrais pas épouser un saint...

Elle restait calme, souriante. Elle avait repris

confiance. Elle avait même l'impression de le connaître mieux qu'il ne se connaissait.

— Au fond, tu as besoin qu'on te freine... Tu as besoin de quelqu'un comme moi, d'une pauvre petite bourgeoise qui t'empêche de faire des bêtises...

Elle le croyait! Alors!...

Elle travaillait à son trousseau, se commandait des robes. Les bans étaient publiés à la mairie et à l'église Saint-Jacques, qui était la paroisse de Marthe.

On avait dressé un échafaudage devant la vitrine car Marthe voulait que la transformation du magasin fût chose faite pour le jour du mariage. Des ouvriers apportaient des glaces emballées dans des caisses de bois.

Et Léa insistait, le matin, en servant à René son petit déjeuner au lit :

— Tu ne veux vraiment pas que je parte? Il me semble que tu es tellement dans ton élément!...

— Imbécile!

Il ne savait plus au juste quand il mentait et quand il disait la vérité. Il ne voulait pas le savoir. Il était heureux, le matin, quand les deux femmes en peignoir rôdaient autour de son lit, puis quand, en pyjama et en robe de chambre, il écrivait son article et qu'elles s'éloignaient sur la pointe des pieds pour aller chuchoter dans la salle de bains. Il aimait que la logeuse eût cet air débraillé, cette impudeur sordide et il lui arrivait, en passant, de donner une chiquenaude sur son énorme sein.

Elle riait! Elle ne trouvait pas d'autre riposte!

Puis, l'après-midi, avec Marthe, dans le fond du magasin que les palissades dressées devant la façade rendaient encore plus obscur, il établissait des comptes. Il apprenait que le vieux Soubirot avait réalisé une fortune de plus de cinq cent mille francs, non pas tant par son commerce de chaussures, mais parce que, vingt ans auparavant, il avait acheté sur les premiers bénéfices trois maisons qui, à cette époque, ne valaient pas lourd.

Le bossu l'aimait bien, il ignorait pourquoi, peut-être parce qu'il avait pris l'habitude de lui apporter des chiques de tabac. Il avait toujours dans ses poches des cadeaux pour chacun. Il offrit à Marthe la même montre-bracelet qu'il avait offerte à sa mère. Quant à Soubirot, il l'avait suivi un jour dans un infâme bistrot où il allait boire son genièvre.

— A votre santé, papa! Ça, au moins, c'est une boisson pour les hommes! Savez-vous que le genièvre est l'alcool le plus sain?...

— Il aurait fallu le dire à ma pauvre femme... Je n'en parlerai pas en mal, vu qu'elle est défunte... Mais voilà quarante ans que je suis obligé de me cacher!...

— Votre heure viendra... Quand nous serons mariés, je vous ferai venir chaque dimanche un cruchon de vieux genièvre, que vous pourrez déguster en toute tranquillité...

— Vous croyez que Marthe?...

— Mais oui! Mais oui!

Et, quand il allait au *Moniteur,* il compulsait ostensiblement les dépêches financières. Car il avait de l'argent! Il avait des capitaux!

— Il me faudrait cinq mille francs... dit-il un soir à Léa.

— Pour ton mariage?

— Idiote! N'est-ce pas à nous deux qu'il profitera?

— Où veux-tu que je les prenne?

— Et Albert?

Tant pis pour sa femme qui, entourée de trois gosses, devait se morfondre et n'avait plus la ressource de l'attirer dans la chaufferie! Il savait ce qu'il faisait. Il se considérait comme un grand stratège.

— Tu verras. Léa... Dans quelques semaines, nous serons riches...

— *Nous?*

— Je dis *nous,* oui, tant pis si tu ne comprends pas.

— En attendant, je sais bien que je ferais mieux de rentrer à Clermont...

Elle ne s'en allait pas, d'ailleurs! Elle continuait à lui servir de femme de chambre, à trier son linge, à le donner à la blanchisseuse et parfois, quand il n'était pas là, à recoudre des boutons.

Ce qu'elle espérait? De Ritter n'en savait rien. Il était décidé à ne pas la laisser partir. Il avait besoin de tous ses atouts dans son jeu. Il acceptait de gagner sur un nouveau tableau, mais il ne se résignait pas à perdre sur l'autre.

— Tu as mes cinq mille francs?

— Il me les donnera demain ou après-demain. Il est obligé de vendre des titres, pour que sa femme ne s'en aperçoive pas...

Les cinq mille francs, c'était pour acheter une auto dont le vendeur était un journaliste de la *Gazette.*

Il l'eut. Il la promena dans les rues de la ville. Il vint chez Marthe, l'air affairé.

— Dans quinze jours, nous la transformons en voiture de livraison et nous en achèterons une autre pour nous...

Elle s'effrayait quand même. Elle murmurait sur un ton de reproche qu'elle regrettait aussitôt :

— René!

Alors, il avait, lui, une façon particulière de la regarder. Il semblait dire :

« Toi aussi! »

Cela sous-entendait :

« Tu vas vouloir me brider?... Tu vas vouloir me renfoncer dans cette médiocrité stupide dont j'ai tant souffert pendant mon enfance?... »

Elle n'osait pas insister. Elle souriait, comme on sourit à un enfant espiègle.

— Fais ce que tu voudras...

Avait-elle peur? Il arriva à de Ritter de se le demander. Mais non! Il prenait trop soin de céder sur tous les détails. Elle n'avait qu'à dire un mot et il était ému. Pour un rien, il en était arrivé à avoir les larmes aux yeux.

— Tu verras, Marthe... Jusqu'ici, je n'ai pas vécu... La vie commence, pour moi, pour toi...

Quant au vieux, il préférait sans doute ne penser à rien. Il n'avait jamais été aussi libre. On ne lui demandait compte ni de son temps, ni de son argent de poche. Il pouvait aller boire tous les petits verres qu'il voulait et, dès quatre heures de l'après-midi, il était à moitié endormi.

— Les imbéciles, disait René, parlent avec mépris des petites villes! Moi qui ai fait plusieurs fois le tour du monde, je sais que c'est dans les petites villes que s'amassent les fortunes... Et quelle paix! Quelle sérénité!...

Il était inquiet, malgré tout, malgré les bans publiés, malgré les préparatifs activement poussés, y compris les invitations commandées au graveur pour le mariage.

Parfois il avait l'impression que Marthe le regardait avec les mêmes yeux que sa mère. Seulement, avec elle, c'était moins grave. Un simple bouquet de violettes suffisait.

— Il y en a pour six sous... disait-il. Ce qui se fait de moins cher en fait de bouquet... Je voudrais que ce soit un symbole, celui de la simplicité de notre amour...

Et il trouvait chaque jour de nouvelles formules. Elle hésitait. Une seconde, il devinait dans ses yeux une réponse possible et alors il savait quelle voix il devait prendre, de quelle corde il devait jouer.

— Si tu étais belle, je ne t'aimerais pas... J'ai eu tant et tant de femmes belles dans ma vie!... Mais aucune n'était capable de devenir une compagne!...

Cinq et deux sept. Il avait calculé la fortune des Soubirot à sept cent mille francs environ. C'était vrai, en outre, qu'une modernisation du magasin pouvait provoquer une hausse des revenus.

— Vois-tu, Marthe, j'étais né pour être un petit bourgeois, comme ton père, comme mes oncles... Si j'ai été découragé, dès le début, c'est qu'il y avait en moi trop d'idéalisme... Je sais maintenant où il conduit... Peut-être aussi cela tient-il à ce que j'ai commencé à travailler chez les autres... Le directeur m'interdisant de venir au bureau en casquette... Tu ne comprends pas?

Elle faisait oui de la tête.

— Et ailleurs, dans l'aventure, que trouve-t-on? De l'argent? J'en ai eu à ne savoir qu'en faire et il ne m'a donné aucune joie... Tandis que nous deux...

— Mais à Tahiti?... risquait-elle.

— Des filles qui étaient à moi aujourd'hui, à d'autres le lendemain. Est-ce ça la vic?... N'est-ce pas plutôt de pouvoir penser tout haut près d'une compagne?...

Il ne savait plus s'il était sincère où s'il jouait un rôle. Il le savait d'autant moins qu'il y avait des deux.

— Ce qu'il faut, répétait-il, c'est la confiance mutuelle... On me dirait aujourd'hui n'importe quoi sur toi...

Il ne risquait rien, bien entendu! Elle n'en répliquait pas moins :

— Moi aussi, René!

— Ils doivent me détester, tous, tant qu'ils sont! Celui qui revient après si longtemps... Tu comprends?...

— Je comprends...

Et elle lui caressait les cheveux tandis qu'il prenait un air las.

— La semaine prochaine, tout sera fini. Tu seras à moi, pour toujours...

Elle répétait :

— Pour toujours...

Il y avait dans sa voix un peu de cet extraordinaire scepticisme qui faussait tous les rapports de René avec sa mère.

Alors, il savait qu'il fallait jouer le grand jeu. Il avait les larmes aux yeux. Il commençait :

— Ma petite Marthe, quand on connaît le monde et qu'on l'a vu de trop près... Quand on est parti de très bas et qu'on a frôlé les plus hauts sommets...

— Chut!... soufflait-elle.

Et elle continuait à lui caresser les cheveux.

VIII

Il était dans le fiacre, en habit, le haut-de-forme sur les genoux, les traits plus fins, plus nerveux que d'habitude, et sa mère soupirait :

— Cela me rappelle il y a vingt ans, quand ton cousin Jean s'est marié... Dans la voiture, il a avoué soudain à sa mère :

« — Maman, je marche à l'autel comme on marcherait au supplice! Je n'ai jamais aimé Antoinette. Je ne l'aimerai jamais... »

De Ritter regardait les maisons qui défilaient dans le soleil et sa mère poursuivait après un nouveau soupir :

— Hélas! il le fallait bien... Dis-moi, René... Avec moi, tu peux être franc... Avoue qu'il faut que tu te maries...

Il haussa d'abord les épaules, puis il se fâcha et, quand ils sortirent de la voiture, dans la cour d'honneur de la mairie, ils étaient tous les deux rouges de colère. Une cinquantaine de personnes faisaient la haie pour regarder passer les mariages. Au premier rang, se tenait Léa, très digne, en compagnie de la logeuse qui portait toutes ses pierres fausses sur la soie noire de son corsage et qui avait sorti un face-à-main.

Dans la salle des mariages, au moment de la cérémonie, Mme Chevalier éclata en sanglots et tout le monde se retourna sur elle, ce qui ne l'empêcha pas de continuer.

— Je n'avais plus que lui, confiait-elle entre deux hoquets à sa voisine qu'elle ne connaissait pas.

Si bien que de Ritter, tendu, attentif malgré lui à ce qui se passait derrière lui, se rendait à peine compte de la cérémonie proprement dite.

Beaucoup de fleurs. Marthe n'était pas en blanc, mais en rose. La noce déjeuna dans le meilleur restaurant et à quatre heures c'était déjà fini.

Les détails pratiques de leur vie étaient fixés. Au premier étage de la maison, il y avait trois chambres et de Ritter avait choisi la plus grande, non pour lui et sa femme, mais pour lui seul.

Il avait besoin de tranquillité. C'était nécessaire à son travail. Le premier matin, il ne s'éveilla qu'à neuf heures et Marthe lui apporta son petit déjeuner, tout comme l'aurait fait Léa. Seulement Marthe était déjà habillée, en tenue de magasin, comme elle disait, noir et blanc.

— Tu m'as monté les journaux?

Il avait besoin d'habitudes et il les prit dès le début. D'abord, il traîna une bonne heure au lit et dans la chambre. Puis il passa un vêtement d'intérieur qu'il avait acheté tout exprès, chaussa des pantoufles neuves et descendit, jetant un coup d'œil à la rue, bavardant ensuite quelques minutes avec le bossu, souriant à Marthe qui servait une cliente.

— Je vais écrire mon « papier »!

Il s'était arrangé une sorte de bureau dans sa chambre, près de la fenêtre qui s'ouvrait sur la rue. Il voyait les gens passer sur le trottoir d'en face. Il écrivait sans se presser, d'une petite écriture régulière, sur une toute petite feuille.

Désormais, ses matinées se ressembleraient. Après, il s'habillait, descendait, mettait son chapeau.

— Je passe au journal...

Il y passait en réalité, mais quelques secondes seulement, et il arrivait un peu plus tard chez Léa qui manifestait quelque étonnement.

— Déjà?

— Je t'ai promis de venir te voir chaque jour...

Il s'installait dans son fauteuil, après avoir pris le vermouth dans l'armoire, cherchait ses cigarettes.

— Content?

Il haussa les épaules, comme pour dire que la question n'était pas là.

— Albert? questionna-t-il à son tour.

— Il me poursuit toujours. De plus en plus amoureux. Si je voulais...

Nouveau haussement d'épaules. Encore un verre de vermouth. Il s'essuyait les moustaches.

— A demain... Essaie d'être sérieuse...

Et, à midi et demi, il se mettait à table, en face du vieux Soubirot. Il avait fait engager une servante; néanmoins Marthe se levait sans cesse pour aller jeter un coup d'œil à la cuisine.

Un mercredi, on avait invité tante Mathilde à dîner, pour la remercier de son cadeau : une douzaine de couverts en argent. Au moment où elle s'en allait, on dit machinalement :

— A mercredi prochain...

Et il était évidemment établi, dès lors, qu'elle aurait sa place dans la maison tous les mercredis.

Marthe raffolait du théâtre. De Ritter pouvait avoir des places par *Le Moniteur*. Néanmoins, il ne sortit avec elle qu'une fois par semaine, le vendredi.

Les autres jours, il sortait seul, sans s'en excuser. Il rentrait tard, car il continuait à rencontrer des camarades dans les cafés. Il avait la clef. Il ne voyait aucune lumière dans la chambre de sa femme, mais un léger bruit ne manquait pas de lui révéler qu'elle l'avait attendu.

Il ne s'en inquiétait pas. Il n'avait jamais été question de vivre autrement. Personne ne se serait permis une remarque au sujet de sa conduite ni une question. Tout au plus Marthe lui demandait-elle quand il rentrait :

— Tu n'es pas trop fatigué?

Le vieux ne disait rien. Il ne comptait plus pour

beaucoup et s'en consolait en sortant aussi souvent que possible.

De Ritter avait plutôt mauvaise mine. Léa fut la première à le remarquer.

— Moi qui me figurais que le mariage allait te faire engraisser!... Cela ne va pas comme tu veux?

— Mais si!

Il était le maître dans la maison. Il transformait le magasin, donnait des ordres aux ouvriers sans avoir besoin d'en parler à Marthe ni à son père. Au *Moniteur,* les collaborateurs le considéraient comme un homme riche et l'enviaient.

— Je parie que tu deviendras conseiller municipal! lui avait dit l'un d'eux.

Ma foi, l'idée n'était pas si mauvaise. Il était un personnage important. De temps en temps, l'après-midi, il trouvait sa mère dans le magasin, bavardant avec Marthe. Dès qu'elle le voyait arriver, elle se souvenait de courses urgentes à faire.

Un soir, dans la rue, il se heurta presque à une femme qui marchait vite, un paquet à la main. Il avait à peine eu le temps de la reconnaître qu'elle s'écriait :

— Quelle chance de vous rencontrer!

C'était la femme d'Albert Tihon, plus triste et plus inquiète que jamais.

— Je peux vous parler une minute? Je ne vous importune pas?

Ils se mirent un peu à l'écart de la foule qui coulait autour d'eux dans la lumière des magasins.

— Ecoutez, je ne sais pas si je me trompe. Vous m'aviez bien dit que cette femme avait juré de partir et que vous l'aviez vue prendre le train... Eh bien! Je parierais qu'elle est revenue...

— Vous l'avez aperçue?

— Non! pendant quelques jours Albert est resté à la maison, morne, abattu... Il ne mangeait plus... Il grondait les enfants du matin au soir, y compris la petite, qui est sa préférée... Puis, un dimanche, tout a changé... C'est moi qui l'avais envoyé au cinéma pour s'égayer les idées... Il est rentré très tard, en fredonnant, et son veston sentait comme avant... Le parfum de cette femme...

« Je n'ai rien dit... Je l'ai observé... Depuis, il sort chaque après-midi, et, le matin, il chante la chanson que vous savez, celle qu'il criait à tue-tête dans la cour pour qu'elle l'entendît... »

De Ritter écoutait gravement, en hochant la tête.

— Que me conseillez-vous?

— Si vous voulez, je vais essayer de me renseigner... J'irai vous voir dès que j'aurai des précisions...

— Excusez-moi de vous causer tout ce dérangement!

— Mais non!... Mais non!...

Une image lui restait de cet entretien : cet imbécile d'Albert qui chantait à nouveau, le matin, sa chanson d'amour... C'était à se demander si de Ritter ne l'enviait pas!

— Sa femme a des soupçons, annonça-t-il le lendemain à Léa, vous devriez être prudents... Où vous rencontrez-vous tous les deux?

La logeuse était dans la chambre. Léa lui jeta un coup d'œil.

— Ici... avoua-t-elle enfin.

Le mot fut ponctué d'un coup de poing de René sur un guéridon.

— Qu'est-ce que tu racontes? Tu le reçois ici, à présent?

— Mais...

— Il n'y a pas de mais... Je ne veux pas, tu entends, que tu reçoives un homme chez moi!

— Voyons, René!... C'est lui qui paie le loyer...

— Et après?

Rarement il s'était mis aussi rapidement en colère. Ses yeux brillaient. Il cherchait quelque chose à casser et il se contenta d'une statuette sans valeur.

— Saloperie! répéta-t-il d'une voix sourde. Le recevoir ici!...

— Mais, René...

— Il y laisse sans doute son pyjama, non?

Il la regarda dans les yeux, vit qu'elle hésitait.

— Tonnerre de Dieu! Moi qui disais ça en l'air. Ainsi, il a son pyjama, ici? Et ses pantoufles?...

Il fouilla les meubles, trouva le pyjama qu'il déchira, non sans un violent effort.

— Vrai! Je me demande à quoi tu penses...

La logeuse avait préféré sortir sur la pointe des pieds.

— A t'entendre, René, on croirait que c'est moi qui me suis mariée...

— Ce n'est pas la même chose!

— Tu ne me feras pas croire que tu es jaloux.

— Ça ne te regarde pas.

— Ecoute-moi!... Calme-toi... Veux-tu que je te dise ce qu'il y a? Tu n'es pas jaloux, mais vexé... Cela t'ennuie qu'un autre, surtout un ancien camarade, puisse avoir l'air de prendre ta place...

— Tu prétends qu'il a pris ma place?

— Non. C'est toi qui le penses! J'en avais assez d'aller le rejoindre à l'hôtel... Sans compter que la police aurait fini par me créer des ennuis... Tu sais bien que je n'ai pas le droit de travailler ici... Où vas-tu, René?

— Nulle part!

Il sortait. Il marchait dans les rues. Il était furieux, mal à l'aise. Et ce n'était pas d'aujourd'hui! C'était l'heure du déjeuner, maintenant! Soubirot avec sa casquette sur la tête! Et Marthe qui, chaque jour, trouvait un petit plat nouveau et qui était bouleversée si par aventure il n'en mangeait pas.

Le père ne soufflait jamais mot. Il avait subi sans broncher ces changements dans sa vie et il semblait comprendre qu'il ne servirait de rien d'intervenir. Il mangeait. Il allumait sa pipe d'écume. Il s'en allait, toujours discret, effacé, à pas menus et quand il n'était pas dehors, il se tenait humblement dans l'atelier avec le bossu.

Un après-midi, de Ritter avait trouvé dans la

salle à manger, devant des gâteaux, une tante Soubirot, et il était sorti aussitôt sans lui dire bonjour. Le soir, Marthe s'était étonnée et il avait déclaré :

— Toute ma vie, j'ai refusé de voir mes oncles et mes tantes. Ce n'est pas pour voir maintenant des oncles et des tantes qui ne sont même pas à moi...

— Elle passait par hasard...

— Qu'elle passe sur l'autre trottoir!

Il se rachetait de ces mauvaises humeurs en rapportant de petits cadeaux à sa femme ou encore en murmurant, quand ils étaient en tête à tête :

— Il ne faut pas faire attention... Je suis tellement préoccupé. Si tu savais, ma pauvre Marthe, quelle vie j'ai eue!...

— Chut!... Je ne veux pas que tu me la racontes...

Se doutait-elle qu'il voyait encore Léa? C'était probable. Elle avait téléphoné une fois au journal vers midi et on lui avait répondu qu'il n'était jamais là à cette heure. Elle ne lui en avait pas parlé. S'il l'avait appris, c'était par le secrétaire de rédaction.

Il n'était pas gai, mais elle ne l'était pas davantage. Du moins faisait-elle un effort pour le cacher. Dès qu'elle le voyait, il se produisait comme un déclic. Elle souriait, cherchait quelque chose à lui raconter.

Et si elle ne lui entourait pas les épaules de ses

bras, c'est qu'elle savait qu'il supportait mal ces menues tendresses.

— J'ai horreur des épanchements ridicules, avait-il affirmé quelques jours avant le mariage.

Elle s'en souvenait ! Elle ne l'oublierait jamais ! Il avait horreur de beaucoup de choses, comme du tablier à broderies dont, un jour, elle lui avait fait la surprise.

— Tu ressembles à une femme de chambre d'opérette !

Tout juste s'il n'avait pas ajouté :

— En moins excitant !

Il avait horreur d'être dérangé quand il travaillait dans sa chambre, horreur d'être questionné sur l'emploi de son temps. Et, quand ils allaient au théâtre ensemble, il sortait seul aux entractes, la laissant dans son fauteuil avec le programme.

... Horreur aussi du sac de bonbons qu'elle avait cru nécessaire d'emporter au théâtre...

— Je t'en supplie ! Ne me rappelle pas ma mère...

Marthe ne se décourageait pas, car il lui semblait qu'elle arriverait à comprendre. Le tout était de ne pas le considérer comme un homme ordinaire. Un matin, très peu de temps après leur mariage, il avait déchiré une des photographies de lui qu'elle gardait depuis plus de vingt ans et qui, entourée d'un ruban rose, était épinglée au-dessus de son lit.

— Que fais-tu, René ?

— Cette photo est ridicule.

C'était une photographie le représentant à la campagne avec sa famille. Par contre, il en regarda une autre avec complaisance, allant jusqu'à un petit ricanement.

— Qu'est-ce que tu as?

— Rien!

Une photo de passeport pourtant! Il avait seize ans. Sans doute venait-il d'être malade, car il était maigre et pâle avec les cheveux encore plus longs qu'il ne les portait maintenant. Ce qui frappait, c'était l'expression de défi... Il avait l'air de vouloir mordre!...

— Tu aimes cette photo-là? demanda-t-il.

— Je les aime toutes. Du moment que c'est toi...

Elle se rendit compte que cette réponse ne lui faisait pas du tout plaisir. Il aurait préféré s'entendre dire :

— Je l'aime, oui! Tu as l'air d'un petit voyou...

Le mercredi, s'il dînait avec la tante Mathilde, il sortait ensuite, laissant les deux femmes ensemble. Elles pouvaient s'en donner à cœur joie, parler de lui autant qu'elles voulaient, car le vieux Soubirot ne tardait pas à aller se coucher.

— Vous ne trouvez pas qu'il est triste, tante?

— Il va beaucoup mieux que quand il est arrivé... La première fois que je l'ai revu, il m'a fait vraiment peur...

— Il me fait encore quelquefois peur maintenant!

— Il changera petit à petit... Pense à tout ce

qu'il a souffert... Pense qu'il est même allé en prison... Il ne t'en parle jamais?

— Jamais!

— Cela ne m'étonnerait pas que ce soit ce souvenir qui le ronge... C'est à toi de le lui faire oublier petit à petit... Il faut que tu sois très tendre...

— Il n'aime pas que je sois tendre!

— Que tu sois patiente...

— Je vous jure que je le suis, tante! Je me demande si je ne le suis pas trop. Est-ce que je dois lui laisser revoir cette femme?

— Quelle femme?

— Celle avec qui il est venu ici. Je sais qu'il la voit toujours...

Pendant ce temps-là, de Ritter buvait des demis à la Brasserie d'Artois, avec ses jeunes camarades qui étaient encore disposés à écouter ses histoires. Pourtant, il se produisait déjà des dissidences. C'était venu d'un garçon de dix-huit ans, Pellet, un maigre, blond, qui avait le même air hargneux que René quand il était jeune.

Il avait commencé par sourire à certaines histoires extraordinaires. Il avait dû dire ensuite aux autres que de Ritter était un bluffeur.

Personne ne l'avouait, mais cela se sentait. Deux camps se dessinaient : ceux qui croyaient tout et ceux qui commençaient à douter.

Quant à Pellet, il ne se gênait pas, après quelques minutes, pour se lever au milieu d'une phrase et pour annoncer aux autres :

— Je vais faire un tour.

Un soir, de Ritter l'aperçut dans le café à musique, non loin de Léa. Le lendemain, il la questionna :

— Il t'a adressé la parole?

— Qui?

— Le petit blond qui tournait autour de toi, hier, au café.

— L'étudiant?

— Si tu veux. Qu'est-ce qu'il t'a dit?

— Rien... Il m'a offert du feu...

— C'est tout?

— As-tu fini, René? Tu deviens insupportable! Avant que tu sois marié, on pouvait s'entendre. Maintenant, tu es d'une jalousie ridicule.

Mais oui! Parce que ce n'était plus du tout la même chose!

— Si cette petite crapule t'adresse encore la parole, tu me feras le plaisir de ne pas lui répondre. Et Albert? Qu'est-ce qu'il fabrique?

— Il m'a encore offert une bague. Il croit que sa femme se doute de quelque chose et il jure que, si elle fait un scandale, il partira avec moi plutôt que de rester...

Toujours le vermouth, les cigarettes, la fenêtre d'angle ouverte... Midi dix! il s'en allait ayant à la main un nouveau jonc que Marthe lui avait offert et auquel on avait ajusté le pommeau d'or...

Quelquefois, l'après-midi, il passait rue de la Commune, faisait claquer la boîte aux lettres de la porte verte.

— Vous, la vieille toupie, je vous prie de vous taire! avait-il dit une fois à la demoiselle noble, comme elle se permettait de lui donner un conseil.

Depuis lors, dès son entrée, elle se levait, ramassait son ouvrage et s'en allait d'un air digne. Quant à sa mère elle avait toujours pour lui un même regard : c'était un questionnaire complet! Elle semblait se demander si *c'était enfin arrivé*.

Quoi? Elle n'eût pu le dire. Mais quelque chose! Pour elle, il devait fatalement arriver quelque chose et on eût dit qu'elle attendait avec une secrète impatience.

— Marthe va bien?

— Mais oui.

— Elle n'attend pas encore de bébé?

Cela la troublait, puisqu'elle avait cru que le mariage n'avait eu lieu qu'à cause de cela.

— Tu n'as pas commis d'imprudence, au moins?

— Quelle imprudence?

— Je ne sais pas, moi. Il y en a, dans les jeunes ménages d'aujourd'hui, qui ne veulent pas d'enfant et qui se livrent à des manœuvres...

Il n'était pas possible d'en rire!

— Tranquillise-toi, mère!

— Elle se fait à ton caractère?

— Mais oui. Marthe est intelligente...

— Il ne s'agit pas d'être intelligente. Il faut encore accepter toutes tes fantaisies. J'en sais quelque chose... Et tante Mathilde?

— Elle est venue hier.

— Elle aurait pu profiter de votre mariage pour me faire des excuses et se raccommoder avec moi.

— Tu ne lui en as pas donné l'occasion...

— Ce n'était pas à moi de commencer...

... Les gamins qui sortaient de l'école d'en face! Et le tram, toutes les quatre minutes... Et les portraits au mur...

— Je m'en vais...

— Déjà?

Oui! Il s'en allait. Il aurait bien voulu aller chez Léa, mais il craignait de se trouver en face d'Albert. Il préférait encore se rendre chez la femme de celui-ci, dans le bureau rouge de l'hôtel.

— Je n'ai rien de précis jusqu'à présent, expliquait-il. Comptez sur moi...

— Vous savez qu'Albert est très impressionné depuis qu'il sait qui vous êtes? Il ne se doutait pas qu'il avait eu comme locataire un ancien camarade... Maintenant, il se souvient très bien de vous... Il m'a parlé d'un petit billard que vous installiez tous les deux dans la cour...

Oui... Mais cela le fatiguait, à présent... Il pensait avec nostalgie à sa grande malle à coins de cuivre qu'il avait mise à la consigne parce que, malgré tout, il en était honteux.

— Dépêche-toi, René! C'est aujourd'hui que nous allons au théâtre...

Il était riche! Il fumait des cigarettes égyptiennes à bout doré qui faisaient rêver ses jeunes camarades. Il pensait même à s'acheter une auto neuve.

Le lendemain chez Léa, ce fut la logeuse en bleu qui lui ouvrit la porte.

— Elle n'est pas ici? questionna-t-il.

— Elle est allée faire une course... Elle va rentrer...

Et la logeuse mentait! Quand Léa revint, il était évident qu'elle avait couché dehors, car elle n'était pas en tenue du matin.

— D'où viens-tu?

— Qu'est-ce que cela peut te faire?

— D'où viens-tu?

— Albert voulait que je dorme avec lui... C'est la première fois...

— Où avez-vous couché?

— Au petit hôtel que tu sais...

Elle mentait! Il était dégoûté! Il était las! Il avait à peine le courage d'aller déjeuner en face du vieux marchand de chaussures en casquette.

— Tu es une grue!

— Tu ne t'en es pas toujours plaint!

— Ça va... Ferme-la!

Il préféra s'en aller. Mais, l'après-midi, il s'arrangea pour passer à nouveau à l'hôtel d'Albert. Mme Tihon n'était pas plus éplorée que d'habitude.

— Vous avez des nouvelles? demanda-t-elle.

— Pas encore. Et vous?

— Rien... Je me demande si je ne me suis pas trompée... Il redevient plutôt gentil...

— Il est en voyage?

— Pas du tout... Il vient de sortir pour aller à la banque...

— Il n'était pas en voyage cette nuit?

— Pourquoi demandez-vous ça? Non! Il était ici!

— Ah!

— Vous croyez l'avoir rencontré quelque part?

— Quelqu'un qui lui ressemblait, oui.

— Ce ne peut pas être lui... Nous dormons dans le même lit... J'ai le sommeil léger, surtout depuis quelque temps...

— Tu t'ennuies? lui demanda Marthe quand ils eurent dîné.

Il répliqua, farouche :

— Non!

— Si je fais quelque chose qui te déplaît, il ne faut pas avoir peur de le dire. Si tu veux que je change quoi que ce soit...

— Non!

— Ce mois-ci, nous avons presque doublé le chiffre d'affaires, grâce aux améliorations que tu as apportées à la maison... Qu'est-ce que tu as?

— Des névralgies.

— C'est dans la famille. Ta mère se plaint de ne pas pouvoir dormir, tant elle souffre. Tu ne prends jamais de cachets?

— Non...

Il se leva, s'étira, marcha jusqu'au portemanteau.

— Tu sors?

— Est-ce que je ne sors pas tous les jours?

— Oui...

Mais, ce soir-là, elle était inquiète, sans savoir pourquoi. Elle n'aimait pas le voir avec les traits aussi tirés. Elle avait peur de son regard fixe.

— Peut-être ferais-tu bien, un de ces jours, d'entreprendre un petit voyage à Paris ou ailleurs. Cela te distraira. Tu n'es pas fait pour rester enfermé dans un magasin...

— Je n'y suis jamais!

Il lui effleura le front de ses lèvres et elle surmonta son envie de pleurer.

— Ne rentre pas trop tard... supplia-t-elle timidement.

Elle entendit la porte qui se refermait, la clef qui tournait dans la serrure. Elle ouvrit le journal et lut l'article de son mari, l'article quotidien signé *Quo Vadis,* qui traitait sous une forme légère des événements de la journée.

Puis elle éteignit les lumières et monta se coucher. De la ville on n'entendait plus que quelques tramways, les cornes de rares autos, la sonnerie d'un cinéma proche.

A certain moment, elle crut entendre du bruit dans la chambre et murmura :

— C'est toi?

Mais il n'y avait personne.

Le café à musique comportait un balcon qu'affectionnaient les habitués. D'en bas, de Ritter aperçut Léa attablée avec cette petite crapule de Pellet qui n'avait jamais été aussi fier de sa vie.

Une heure durant, il se promena dans la rue, la main dans la poche droite de son pardessus, avec de brefs regards au café.

Puis, comme le couple sortait il le suivit à distance. Léa prenait un chemin qui ne conduisait ni chez elle, ni dans le centre. Pellet, qui riait, lui tenait le bras et racontait des histoires d'une voix telle qu'on l'entendait parfois de l'autre trottoir.

Ils tournèrent à gauche, puis à droite... Ils arrivèrent dans une rue en pente où des étudiants vivaient comme des abeilles dans des ruches pleines de chambres meublées.

Ils semblaient déjà avoir tous deux l'habitude du chemin. Ils poussèrent la quatrième porte, qui n'était pas fermée à clef, pour permettre aux locataires de rentrer sans éveiller la logeuse.

Alors, de Ritter fit quelques pas vivement, poussa la porte trois secondes après eux, devina les deux silhouettes dans le couloir sombre au pied de l'escalier.

— Léa ! dit-il sèchement.

Une des silhouettes se retourna. Au même moment, à travers sa poche, de Ritter tirait un coup de revolver sur le jeune homme qui ne poussa pas un cri. Il tira une seconde fois, sans raison. Léa hurla :

— René !...

Mais il était déjà sorti. Il avait refermé la porte

d'un geste brusque. Il courait sur cent, deux cents mètres, tournait dans de petites rues, émergeait sur un boulevard qu'il traversait et plongeait à nouveau dans un réseau serré de ruelles.

— Je peux entrer, René?

Marthe portait elle-même le plateau. Elle ne voulait pas que la domestique vînt servir son mari au lit. Une fois dans la chambre, elle s'étonna, appela d'une voix changée :

— René!...

Puis un registre plus haut :

— René!...

Le lit n'était pas défait. Le pyjama était plié sur l'oreiller.

— René!...

Le cabinet de toilette était vide et elle posa vivement le plateau sur le coin de la table, par crainte de le laisser tomber.

Au même moment une voix criait, d'en bas :

— Madame!... Madame!...

— Qu'est-ce que c'est?

— On vous demande, Madame... C'est urgent...

Elle laissa le plateau dans la chambre, dégringola dans le magasin, trouva deux hommes d'un certain âge qui paraissaient embarrassés.

— Votre mari est ici?

— Non... Justement... je le cherche...

— Il a passé une partie de la nuit ici?

— Ecoutez, messieurs...

— Police!... Excusez-nous... Il faut que nous fouillions la maison...

— Mais...

— Cette nuit votre mari a tué de deux coups de revolver un gamin de dix-huit ans, un étudiant nommé Pellet...

— Mais je n'ai jamais entendu ce nom-là! hurla-t-elle.

On l'écarta doucement. Et le vieux Soubirot, qui revenait de boire son premier petit verre, faillit ne pas pouvoir entrer dans la maison dont un policier en uniforme gardait l'entrée.

Cinquante curieux étaient massés devant la porte.

DU MÊME AUTEUR

Aux Éditions Gallimard

Dans la collection Folio Policier

CEUX DE LA SOIF, *n° 100.*

LE LOCATAIRE, *n° 45.*

LES DEMOISELLES DE CONCARNEAU, *n° 46.*

LE SUSPECT, *n° 54.*

L'ASSASSIN, *n° 61.*

LES INCONNUS DANS LA MAISON, *n° 90.*

L'HOMME QUI REGARDAIT PASSER LES TRAINS, *n° 96.*

TOURISTE DE BANANES, *n° 97.*

LA VÉRITÉ SUR BÉBÉ DONGE, *n° 98.*

LE CERCLE DES MAHÉ, *n° 99.*

COLLECTION FOLIO POLICIER

Dernières parutions

1. Maurice G. Dantec	*La sirène rouge*
2. Thierry Jonquet	*Les orpailleurs*
3. Tonino Benacquista	*La maldonne des sleepings*
4. Jean-Patrick Manchette	*La position du tireur couché*
5. Jean-Bernard Pouy	*RN 86*
6. Alix de Saint-André	*L'ange et le réservoir de liquide à freins*
7. Stephen Humphrey Bogart	*Play it again*
8. William Coughlin	*Vices de forme*
9. Björn Larsson	*Le Cercle celtique*
10. John Sandford	*Froid dans le dos*
11. Marc Behm	*Mortelle randonnée*
12. Tonino Benacquista	*La commedia des ratés*
13. Raymond Chandler	*Le grand sommeil*
14. Jerome Charyn	*Marilyn la Dingue*
15. Didier Daeninckx	*Meurtres pour mémoire*
16. David Goodis	*La pêche aux avaros*
17. Dashiell Hammett	*La clé de verre*
18. Tony Hillerman	*Le peuple de l'ombre*
19. Chester Himes	*Imbroglio negro*
20. Sébastien Japrisot	*L'été meurtrier*
21. Sébastien Japrisot	*Le passager de la pluie*
22. Pierre Magnan	*Le commissaire dans la truffière*
23. Jean-Patrick Manchette	*Le petit bleu de la côte Ouest*
24. Horace McCoy	*Un linceul n'a pas de poches*
25. Jean-Bernard Pouy	*L'homme à l'oreille croquée*
26. Jim Thompson	*1275 âmes*
27. Don Tracy	*La bête qui sommeille*
28. Jean Vautrin	*Billy-ze-Kick*
29. Donald E. Westlake	*L'assassin de papa*
30. Charles Williams	*Vivement dimanche !*
31. Stephen Dobyns	*Un chien dans la soupe*

32.	Donald Goines	*Ne mourez jamais seul*
33.	Frédéric H. Fajardie	*Sous le regard des élégantes*
34.	Didier Daeninckx	*Mort au premier tour*
35.	Raymond Chandler	*Fais pas ta rosière !*
36.	Harry Crews	*Body*
37.	David Goodis	*Sans espoir de retour*
38.	Dashiell Hammett	*La moisson rouge*
39.	Chester Himes	*Ne nous énervons pas !*
40.	William Irish	*L'heure blafarde*
41.	Boileau-Narcejac	*Maléfices*
42.	Didier Daeninckx	*Le bourreau et son double*
43.	Sébastien Japrisot	*La dame dans l'auto avec des lunettes et un fusil*
44.	Jean-Patrick Manchette	*Fatale*
45.	Georges Simenon	*Le locataire*
46.	Georges Simenon	*Les demoiselles de Concarneau*
47.	Jean Amila	*Noces de soufre*
48.	Walter Kempley	*L'ordinateur des pompes funèbres*
49.	Tonino Benacquista	*Trois carrés rouges sur fond noir*
50.	Dashiell Hammett	*Le faucon de Malte*
51.	Hervé Jaouen	*Connemara Queen*
52.	Thierry Jonquet	*Mygale*
53.	Auguste Le Breton	*Du rififi chez les hommes*
54.	Georges Simenon	*Le suspect*
55.	Emmanuel Errer	*Descente en torche*
56.	Francisco González Ledesma	*La dame de Cachemire*
57.	Raymond Chandler	*Charades pour écroulés*
58.	Robin Cook	*Le soleil qui s'éteint*
59.	Didier Daeninckx	*Le der des ders*
60.	Didier Daeninckx	*La mort n'oublie personne*
61.	Georges Simenon	*L'assassin*
62.	Howard Fast (E.V. Cunningham)	*Tu peux crever !*
63.	Maurice G. Dantec	*Les racines du mal*
64.	René Barjavel	*La peau de César*
65.	Didier Daeninckx	*Lumière noire*
66.	Chester Himes	*La reine des pommes*

67.	Sébastien Japrisot	*Compartiment tueurs*
68.	James Crumley	*La danse de l'ours*
69.	Marc Villard	*La porte de derrière*
70.	Boileau-Narcejac	*Sueurs froides*
71.	Didier Daeninckx	*Le géant inachevé*
72.	Chester Himes	*Tout pour plaire*
73.	Sébastien Japrisot	*Piège pour Cendrillon*
74.	Pierre Magnan	*Les charbonniers de la mort*
75.	Jean-Patrick Manchette	*L'affaire N'Gustro*
76.	Jean-Bernard Pouy	*La Belle de Fontenay*
77.	A.C. Weisbecker	*Cosmix Banditos*
78.	Raymond Chandler	*La grande fenêtre*
79.	Pierre Magnan	*Les courriers de la mort*
80.	Harry Crews	*La malédiction du gitan*
81.	Michael Guinzburg	*Envoie-moi au ciel, Scotty*
82.	Boileau-Narcejac	*Le bonsaï*
83.	W.R. Burnett	*Quand la ville dort*
84.	Didier Daeninckx	*Un château en Bohême*
85.	Didier Daeninckx	*Le facteur fatal*
86.	Didier Daeninckx	*Métropolice*
87.	Pierre Magnan	*La maison assassinée*
88.	Pierre Magnan	*Le mystère de Séraphin Monge*
89.	Jean-Patrick Manchette	*Morgue pleine*
90.	Georges Simenon	*Les inconnus dans la maison*
91.	Stephen Humphrey Bogart	*Le remake*
92.	Mark McShane	*Les écorchés*
93.	Boileau-Narcejac	*Terminus*
94.	Jerome Charyn	*Les filles de Maria*

Impression Bussière Camedan Imprimeries
à Saint-Amand (Cher),
le 3 avril 2000.
Dépôt légal : avril 2000.
Numéro d'imprimeur : 001586/1.
ISBN 2-07-041102-8./Imprimé en France.

92334